歳はトルもの、
さっぱりと

石井ふく子

はじめに

歳を「トル」と若返る

年齢を重ねることを、「歳をとる」と言いますが、私は違う意味で使っています。

「誕生日のたびに歳をとり除いていくの。だから、年々若返っていくのよ」

舞台制作の記者発表などでそうお話しすると、場がワッと沸きます。

数字は単なる記号。自分の意識ひとつで、数字はどうにでもなるし、実年齢と心の年齢は違う。私はそう、信じているのです。

その実年齢ですが、2022年9月1日、96歳の誕生日を迎えました。でも自分が何歳なのか、普段は意識していません。今も仕事を続けていますが、仕事に性別や年齢は関係ないと考えているからです。

ところが不思議なことに、まわりの方は、なぜか私の年齢をはっきり覚えているようです。そして「お身体《からだ》の具合はどうですか？」「大丈夫ですか？」などと気遣ってくださいます。なかには「そのお歳で、現役でお仕事をしているなんて感服しています」と、持ち上げてくださる方もいます。

そのお気持ちはとてもありがたいのですが、自分は歳を忘れているので、人から言われて「えっ？　私、そんな歳だったの？」と驚くことも少なくありません。

振り返ってみると、私は50歳を過ぎたころから、「年齢は自分で決めるもの」と自分に言い聞かせるようになりました。年齢に振り回されていると、精神力が衰え、だんだん甘えも出てきて、行動に覇気がなくなると思ったからです。

なにより、「何歳だからこのくらいが精いっぱい」と考えるのがイヤなのです。もし年齢を言い訳にするようになったら、潔く仕事は辞めたほうがいい。そう考えてきました。

ドラマも舞台も、出演者やスタッフの皆さんは、それこそ命を懸けるくらいの気持ちで取り組んでいます。プロデューサーとしてドラマを統括し、舞台作品では演出をつとめる私が年齢に甘えて中途半端なことをしているようでは、皆さんに申し訳ありません。視聴者や舞台を見に来てくださるお客さまにも失礼です。「年齢に甘えているようでは何もできない」が持論だからこそ、つい、自分の歳を忘れてしまうのでしょう。

私にとって「歳をトル」ための原動力は、仕事です。クオリティの高い作品を皆さまにお届けし、見る方にも、そして演じる方にも喜びを感じていただきたい。その思いは、この仕事を始めたころとまったく変わっていません。仕事への意欲を持ち続け、現場に立ち続けることが、私にとってなによりのエネルギー源なのでしょう。

ですからコロナ禍で一時、現場の仕事がほぼなくなったときは、このままだと覇気を失い衰えてしまうのではないかと、危機感を抱きました。あまりにも忙しすぎるときは、長期の休暇を取りたいと夢見たこともありました。でもいざ外出しない日々が続くようになったら、早く仕事中心の生活に戻りたいと、それればかり願っていました。

もちろん年齢とともに身体は衰えますし、以前は30分でできていたことに1時間かかる場合もあります。だったら、その分、30分早く起きるようにしよう――そんな考えで、今日まで生きてきました。

そんな私ですが、日々の生活に関しては、多少、人にお手伝いしていただいています。それもこれも、本業に支障をきたさないため。ときには人の助けを借りることも大事だと思います。そして本業も、多くの人に支えられ、助けられてきたからこそ、ここまで続けることができました。

時間に追われる生活をしていると、年齢を意識しているヒマはありません。なにも仕事である必要はありません。趣味でもボランティアでも、なんでもかまわないのです。なにか夢中になれるものがあると、人はいつまでもイキイキしていられるのではないでしょうか。

私の生き方は、少し特殊と思われるかもしれません。でも、人生100年時代を迎えた今、このような暮らしや考え方が多少なりとも皆さんの参考になるとしたら、うれしい限りです。

石井ふく子

歳はトルもの、さっぱりと　目次

第1章

上手に歳を「トル」ための知恵

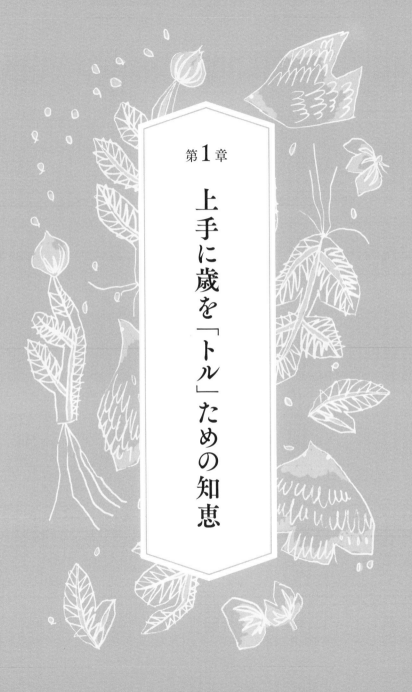

天国の橋田壽賀子さんに届けたいドラマ

２０２２年10月30日。23年４月に放送予定の橋田壽賀子さん追悼ドラマ『ひとりぼっち』の撮影初日を迎えました。この日を、どれだけ待ち望んでいたことか。気持ちがたかぶり、前日の夜からほとんど眠ることができませんでした。

それまで60年ちょっと、テレビのプロデューサーと舞台の演出家として走り続けてきましたが、コロナ禍の影響でしばらく仕事ができませんでした。さらに21年４月、長年の盟友だった橋田壽賀子さんが亡くなり、生まれて初めてといってもいいほどの喪失感が続いていたのです。

「いよいよ今日から現場が始まるのよ。橋田さん、天国から見守っていてね」

私は祈るような気持ちでそう橋田さんに語りかけ、朝６時半に家を出て、都心から離れた場所にあるＴＢＳの緑山スタジオに向かいました。

長年一緒に仕事をしてきたスタッフのなかには、コロナの影響で仕事が減り、いっそもう辞めようかと思っていた人もいたようです。そういう方々も、この日、再集結。感無量でした。

スタジオに到着すると、気持ちがピシッと引き締まりました。昨今、時代の変化に加え、コロナもあって、人と人との距離が離れがちです。そんなときだからこそ、もう一度、人と人のつながりの大切さを世に問うドラマをつくりたい。それが橋田さんへのなによりの供養になる——そう思って、時間をかけて準備してきたドラマです。脚本は、橋田文化財団が創設した橋田賞を2020年に受賞された山本むつみさんにお願いしました。話し合いを重ね、何度も脚本のブラッシュアップをお願いし、おかげさまですばらしい脚本が完成しました。

主役は相葉雅紀さん。相葉さんと仕事をするのは初めてです。『相葉マナブ』や『嗚呼!! みんなの動物園』などの相葉さんを見て、ひじょうに心が素直で感性がやわらかい方だなと感じ、ぜひとも主役をつとめていただきたいと思ったのです。

相葉さんが演じるのは、早くに両親を亡くし、お姉さんに大学に行かせてもらった男性です。そのお姉さんも2年前に亡くなり、自分はひとりぼっちだと感じている。だから人ともあまりしゃべりたくないし、人とそれほど接しなくてすむ水道の検針の仕事をしています。

そんな彼が、ある日、友人に連れていってもらったおにぎり屋さんでおにぎりを握っていた女性がお姉さんによく似ていた——そこから、物語が展開します。

つくりたてのおにぎりは、ほんわか温かくて、ふっくらしています。つくって時間がたったものもおいしいし、不思議なことにおにぎりを食べると、なぜかほっとした気分になります。

そしておにぎりは、おむすびとも言います。「心と心をむすぶ」気持ちを象徴させるには、おにぎり屋がいい！　そう思って決めた設定です。

私はドラマをつくる際、「長回し」という、ワンカットを長くする技法をよく取り入れます。実はこの方法は、役者さんにとってはけっこう大変です。たとえば今回は、女優さんがおにぎりをつくりながら台詞《せりふ》を言うシーンがけっこうありますが、ちゃんとプロの手つきに見えなくてはいけません。握っている手だけを別カットで撮り、台詞を言うときは上半身だけ撮影したほうが、本人は楽でしょう。

それでも長回しを使うのは、演じるほうも視聴者も、カットでぶつぶつ途切れないほうが気持ちがつながりやすいと考えているからです。説明的な撮り方より、ワンカットで情景を描いたほうが、見る人の心に沁みやすいのではないか。そういう信念があるので、脚本の山本さんにもずいぶん書き直してもらった次第です。

相葉さんは、こうした撮影スタイルは初めてだったらしく、「いいドラマに出させていただいて、本当に勉強になりました」と言ってくれました。私は「いい作品になるよう、努力するわね」と答えました。

日常がやっと戻ってきた

そんなわけで、久しぶりにスタジオに通う日々が戻ってきました。

出演者の皆さんより早く着き、スタジオでお出迎えしたいので、5時に起きてシャワーを浴びて出かける準備をします。その日の撮影状況によりけりですが、遅いときは、家に戻ってくるのが夜10時、11時になることも。ただし外にロケに行く日は、現場の皆さんに気を遣わせると申し訳ないので、遠慮しています。

スタジオに行く前日の夜には、翌日の差し入れのため、卵をたくさん茹《ゆ》でます。相葉さんに、「なにが好物なの?」と聞いたら「卵」という答えが返ってきたので、当日朝、軽食用に卵とハムのサンドイッチをつくることもあります。以前はよく、おにぎりをつくって撮影現場に差し入れしていましたが、『ひとりぼっち』の現場にはおにぎりの達人がいらして指導してくださっています。ですから、さすがに今回ばかりはおにぎりというわけにはいきません。

撮影期間は約1ヶ月。その後、編集作業に入ります。もちろん、編集にはすべて立ち会い、細かい点までしっかりと考え、必要に応じて指示を出します。久々にドラマ制作の現場に戻り、心身にエネルギーがみなぎり、ようやくいつものペースが戻ってきた気がしました。

日々の生活リズムを一定に

さて、その「いつものペース」について、少しご説明します。

私は毎朝、だいたい5時半から6時の間に起きます。ドラマの撮影の際に通う緑山スタジオは都心から1時間くらいかかるので、早起きが習慣になったのです。起きたらまずシャワーを浴びて身を整え、仏壇にお水とお茶を供え、手を合わせて父と母に「今日もよろしくお願いします」とご挨拶。そこから一日が始まります。

ここ数年、スタジオに行かない日は、朝の8時から3時間、お手伝いさんに来てもらっています。以前は、食事はすべて自分でつくっていましたが、最近、朝食はお手伝いさんの力も借りるようになりました。お掃除もお願いしています。

昼食は昔から食べません。撮影現場にいるときなど、なかなか食べる時間がないので、食べないのが習慣になってしまったのです。

コロナ禍以前は、ドラマ撮りがない日は、お昼ごろテレビ局に出社していました。制作局の人と打ち合わせをしたり、企画書を書いたり。橋田壽賀子さんが私財を投じてつくった橋田文化財団も手伝っているので、その打ち合わせなどもあります。

撮影があるときはスタジオに行くので、どうしても帰宅が遅くなりがちですが、それ以外の日は、夜の6時ごろには夕食をとります。買ってきてもらうこともありますが、できるだけ自分でつくるようにしています。メニューは、ご飯にカレイの煮つけ、卵焼き、佃煮《つくだに》、海苔《のり》といった、昔ながらの食事です。

もともと料理は、けっこうマメにするほうでした。というのも、芸者をしていた母は家事も子育てもしなかったので、私はおばあちゃんに育てられたようなもの。祖母を手伝って料理をしているうちに、一通りのことは覚えたのです。

夕食後は、本や資料を読んだりして過ごします。友人と電話でおしゃべりするのも夜の日課。就寝はけっこう遅く、だいたい12時くらいです。

生活リズムを一定にしていると、ちょっとした体調の変化にも気づきやすく、体調管理にも役立ちます。たとえば、今朝は寝起きに身体が重たい感じがする、いつもの時間にお腹がすかない、なんとなく気力がわかない、友人と電話で話すのも億《おっ》劫《くう》等々。身体だけではなく心の状態も含め、早めに変化に気づけば、手遅れにならないうちに対処できます。ですから歳を重ねたらなおさら、ルーティンを決めて、毎日同じように過ごすのは大事なことではないでしょうか。

大切な健康法、月に一度の病院詣で

長く仕事を続けるには、なにより健康でいることが大事です。そのため70歳を過ぎたころから、月に一度は病院に行き、血液検査やその他の検診を受け、健康状態をチェックしています。

また、ちょっとでも身体に違和感があれば、すぐにお医者さまに診ていただくようにしています。万が一、仕事の途中でダウンしてしまうと、大勢の人に迷惑をかけてしまうからです。

私は13歳のときに肺結核と脚気《かっけ》にかかり、約1年半、入院と自宅療養生活を余儀なくされました。そのため学年も2年遅れてしまい、ずいぶんと歯がゆい思いをしたものです。４歳から日本舞踊を習い始め、将来は踊りで身をたてるつもりで稽古に励んでいましたが、その夢も諦めざるをえませんでした。

そうした経験があるので、「自分は決して身体が丈夫ではない」とわかっていますし、「健康でいないと、やりたいことも思う存分できなくなる」と身をもって知っています。ですから人一倍、健康に気を遣うようになったのかもしれません。

こまめに医療機関のお世話になっていると、自然とお医者さまの知り合いが増えていきます。別の病院へ移られたり、新たにクリニックを開業されたりする先生もおり、どんどんお医者さまネットワークが広がっていきました。

コロナ以前は、私の誕生日パーティにさまざまなお医者さまが駆けつけてくれたものです。その際、なにかのときのためにと、役者さんたちにご紹介したりもしました。

仕事でおつきあいのある皆さんの相談に乗ることもあります。ときには恋愛の悩みから、相続問題で弁護士を紹介してほしいといったことまで、相談事はさまざま。なかでも一番多いのが、「いいお医者さんはいませんか」というものです。

たとえば「ちょっと目が変なんです」「喉の調子が悪いんです」などと言われたら、「○○病院の先生に電話してあげるから、行ってみたら?」といった具合です。

ときには重篤な病気で相談を受ける場合もあります。コロナが始まってからは、マスクで肌がかぶれるのでいい皮膚科の先生はいないか、という相談も増えました。

身体にかかわることですから、本当に信頼できる先生しか紹介しません。その点、自分が診ていただいたことのある先生は、実績はもちろん、お人柄も含めてよく知っています。そんな私のお医者さまネットワークをご存じの皆さんは、「身体のことでなにかあったら、石井ふく子に連絡を」と思っているようです。

ご縁のある方々が助けを必要としているときサポートするのも、私の仕事だと考えています。そういう形で皆さんのお役に立てるのなら、私としても本望なのです。

85歳で〝肉食〟に宗旨替え

85歳のころ、定例の検査の際、お医者さまから「低栄養です」と指摘されました。栄養状態を改善するため、食生活を見直し、必要に応じて飲み物などで栄養素を補ったほうがいい。そうアドバイスされたのです。

実は「仕事を続けるためには健康が一番」と言いながらも、食生活はあまり褒められたものではありませんでした。昔からかなり偏食で、食べられないものがたくさんあるのです。

野菜は苦手なものが多く、豆類はダメ。豆が好きではないので、お豆腐もあまり食べません。

なにより嫌いなのが茄子《なす》です。形がネズミに似ているので、見ただけで大嫌いなネズミを思い出して背中がゾワゾワしてきて、どうしても食べる気になれないのです。そんな理由で食わず嫌いというのも、我ながら情けない限りですが。

かぼちゃも割ったときの身の色が毒々しくて、食べる気になりません。ですから以前は敬遠していたものです。ところが、あることをきっかけに食べられるようになりました。その顛末については、後ほど4章で紹介します。

辛いものが苦手なので、カレーライスも食べません。うなぎは、祖母から「おまえの守り本尊の虚空蔵菩薩《こくうぞうぼさつ》は、うなぎが好物だから、それを絶つことで守られているんだよ」と何度も言われたせいで、受けつけなくなってしまいました。

お味噌汁もあまり好きではないので、家でつくる汁物はもっぱらお吸い物。お肉も苦手で、たまに鶏肉を食べる程度です。そのかわり、好物の鮭の塩焼きや魚の干物、卵はよく食べます。

好き嫌いが多いうえ、昼食抜きが長年の習慣になっていたため、いつの間にか栄養失調になっていたのでしょう。年齢とともに食べる量が減ってきたことも、影響していたのかもしれません。なかでもタンパク質が足りないという指摘があり、お医者さまからは、できれば毎食、肉や魚などの動物性タンパク質を欠かさないようにと注意されました。

とくに気をつけたいのが、朝食だそうです。高齢になると、筋肉量を減らさないために、朝食でしっかりタンパク質をとるのが大事だと言われました。

そこで80代半ばから、朝は主食をパンにし、卵料理のほか、豚肉と野菜の炒め物など肉を使った料理を食べるように。夜も、ハンバーグステーキやロールキャベツなど、日によっては魚料理以外のおかずも食べるようにしています。

おかげで最近、お肉が食べられるようになりました。長年の習慣を変えたのは、未来のため。この先もずっと仕事をしたいからです。

長年身についた食生活をガラリと変えたわけですから、私にしてみれば85歳の大革命と言ってもいいかもしれません。

おすすめしたい、ご飯の友の「ちょいと菜」

私は、偏食ではありますが、料理は嫌いではないし、けっこう得意なほう。といっても、つくるのは主に、祖母譲りの和風のお惣菜《そうざい》です。なかでも副菜に便利な「ちょいと菜」は、自分で言うのもなんですがけっこう好評で「分けてほしい」という方も少なくありません。

初夏になると、劇団新派の水谷八重子さんから、「そろそろホタルイカの季節ね。待っててんのよ」と催促の連絡があります。「ホタルイカの甘辛煮を食べたい」という、意思表示なのです。「ホタルイカの甘辛煮」は、新鮮なホタルイカをお酒、みりん、お醤油、お砂糖で甘辛くさっと煮たもの。毎年お届けにあがっています。

しらたきをさっと茹でてお湯を切り、ほぐしたタラコと炒《い》ったものも好評です。あっという間にできるので、もう一品副菜がほしいなというときに便利です。

ショウガの塊を醤油につけておいて、ちょっと染みたところを千切りにして、再び醤油に漬けた「ショウガの醤油漬け」も、ご飯が進むと褒めていただきます。冷蔵庫に入れておけばけっこう日持ちがするので、常備菜にしています。

この歳になると手のこんだ料理をつくるのは面倒ですが、こんな簡単なおかずなら、なんということはありません。私はお酒が飲めないので、「ちょいと菜」もご飯のおかずにしていますが、お酒を召し上がる方は「お酒のあてにもピッタリ」と言います。

忙しく飛び回っていた時代も、気分転換になるので、時間を見つけては台所に立っていました。そんなときふっと、子ども時代の食卓風景を思い出したりもし、それがドラマの発想につながったりもします。

日本舞踊に明け暮れていた子ども時代、夕方遅くまで稽古をしていると、たまにお師匠さんが「食べていきなさい」と言ってくださり、お夕飯をいただくことがありました。食卓は人と人をつなぐもの。そんな思いがあるのでしょう。私がつくるドラマには、食べ物にまつわる話や食卓がけっこうよく出てくる気がします。

〝骨貯金〟のおかげで、骨折知らず

今のマンションに引っ越してからは、仕事場のテレビ局へなるべく歩いて行くようにしていました。距離にすると1・2キロほど。それほど長距離ではありませんが、それなりに日々の運動になります。

家を出てしばらくすると、かなり急な下り坂があります。転ばないよう十分注意しながら坂を下りるのは、足腰のためにもよさそうです。帰りは疲れているので、車で帰ることがほとんどでしたが。

ところが80代の半ばを過ぎてからは、急な坂を下りるのが心配で、タクシーを利用することが増えました。それがはたして賢明な選択だったのか、今となっては疑問を感じています。

コロナ禍は、テレビ局から出社しないようにと言われました。打ち合わせは基本的に電話で行い、込み入った話の場合はスタッフがうちまで来てくれます。おかげでさらに歩く機会が減ってしまい、足腰が弱ってしまったのでしょう。２０２１年2月、夜中にお手洗いに行った帰り、廊下でツーッと滑って転んでしまったのです。近くにつかまるものもなかったため、立ち上がることができず、朝まで床に転がったまま。朝来るお手伝いさんに〝発見〟されました。

身体じゅう痛かったのですが、その日は「坂本冬美芸能生活35周年記念公演」の第一部、『かたき同志』の舞台稽古が予定されていたので、演出の私が休むわけにはいきません。病院は後回しにし、なんとか稽古場まで行きました。すると私の顔を見たとたん、坂本冬美さんがわっと泣き出してしまったのです。転んだ拍子にドアに顔をぶつけたため、顔が腫れあがって紫色になり、まるで『四谷怪談』のお岩さんのよう。その姿を見て、よほどの大怪我をしたと思い、ショックを受けたのでしょう。

稽古を終えてから病院に行ったところ、幸い骨は折れていませんでした。お医者さまから言われたのは、「踊りのおかげですね」。

なんでも骨密度のピークは18歳ころだそうで、それまでに骨に刺激を与える運動と食事で骨量を増やしておく「骨貯金」が、後々まで影響するそうです。もちろん、その後も継続的に身体を動かすことは年齢にかかわらず大事なことでしょう。

私は日本舞踊のプロを目指していたので、毎日のように稽古に明け暮れていました。日本舞踊は腰を落として踊るので、かなり体幹が鍛えられ、足腰が丈夫になります。とくに私は男踊りが中心でしたので、激しい動きも多く、相当な運動量だったと思います。

プロになるのを諦めてからも、可能な限り、踊りは続けていました。ときには舞台に立ち、皆さまに踊りをご披露することも。また、仕事を始めてからは、日々、忙しく走り回る生活。毎日、相当な歩数だったと思います。そのため、自然と「骨貯金」を切り崩さずにここまで来れたのでしょう。まさに「芸は身を助く」です。

「仕事場で杖をつかない」はささやかな矜持

転倒して骨折こそしなかったものの、全身打ち身で、しばらくは歩くのが困難でした。そこで短期間できっちり怪我を治すため、入院することにしたのです。それもこれも、一日も早く仕事場に戻るため。皆さんに迷惑をおかけしないよう、そして心配されないよう、なるべく早く元通りのピンピンした姿で復帰したかった。

入院中も、日中はつとめてベッドに横にならないようにしていました。横になると、気分的にも「病人」「怪我人」になってしまい、普段の生活に戻るのにかえって時間がかかる気がするからです。

それに横になると、つい昼寝をしてしまいそう。それが癖になってしまうと、毎日の生活のリズムが崩れてしまいます。なるべくいつも通りのペースを守るのが、元通りの生活に戻る早道だと考えました。

退院してからは週2回リハビリに通い、今も続けています。それだけでは足りないので、家にいるときも廊下を何度も歩いて往復するなど、自分なりにできることをしています。というのも、病院やリハビリに行くときは用心のために杖を持っていきますが、芝居の稽古場やドラマの撮影現場など、仕事場では杖をつきたくないからです。

プロデューサーは、出演者、スタッフなど、大勢の方々を支える裏方です。皆さんを気遣わなくてはいけない立場の私が、「手を引きましょうか」などと皆さんから気を遣われるのでは、本末転倒です。だから仕事場では常に元気でいたいし、余計な気を遣わせたくありません。健康な状態でいるのも、仕事のうちだと考えているのです。

職場で杖をつかないのは、私のささやかな見栄というか、プロデューサーとしての矜持《きょうじ》のようなもの。そのためにも、週2回のリハビリは当分続けるつもりです。

コロナがもたらす〝無聊《ぶりょう》〟という危機

2020年にコロナ禍が始まって以来、それ以前に比べると、仕事が減ってしまいました。私にとって、仕事はエネルギーの源。生きている証《あかし》といってもいいかもしれません。仕事が減るのは、正直、苦痛です。

外出できない間は、企画書を書いたり、ドラマの原作になりそうな本を読んだりしていました。あとは、いろいろな方から電話がかかってくるので、相談に乗ったり、ときにはあちこちに指示を出したりも。

考えてみたら、仕事を始めて以来、これほど時間に余裕があり、自宅で過ごしたのは初めての経験です。よもやこんな変化が訪れようとは！　でもやはり、引きこもる生活は私には向かないようです。あまり動かないせいか食欲が落ち、痩せてしまいました。

仕事で毎日外出しているときは、それなりに身体を動かしているし、打ち合わせなどで他人と接するので、自然と頭も活性化していました。でも外出が減って身体を動かさなくなると、運動不足になるだけではなく、刺激も減って頭が回りにくくなりそうな気がします。

幸い２０２１年から徐々に仕事が復活してきました。やはり舞台の演出のために稽古場に行ったりドラマの打ち合わせなどに出かけたりすると、心身ともにイキイキと動き出すのが自分でもわかります。

家にいる日は、秘書兼助手の女性が夕方までいてくれます。家にずっとひとりでいると、服装にも気を遣わなくなり、生活がだらけてしまうかもしれません。でも秘書がいると、自宅にいても「仕事場」という緊張感を保つことができ、きちんとしていられます。

仕事が多く、少し遅くなりそうな日は、夕食も一緒に食べます。料理は彼女にも手伝ってもらいますが、基本的に私がつくるようにしています。やはり、自分でできることはなるべく自分ですることが、元気を保つ秘訣《ひけつ》だと思っているからです。ひとりでいるとつい食事の支度が億劫になり、手を抜きがちになりますが、一緒に食べる人がいると張り合いが出ます。

私はひとりっ子で、子どものころからひとり遊びをよくしていたし、ひとりでいるのは慣れています。ひとりで食事をするのも、ちっともイヤではありません。逆に自宅に他人がいるのは、あまり好きではありませんでした。

でも、やはり人が身近にいてくれるのはありがたいなとも感じます。仕事に関する雑事を手伝ってくれるのは本当に助かるし、たまには人と食事をしたほうが、脳も活性化される気がします。

コロナで外出が減ったひとり暮らしの高齢者のなかには、一気に老け込んでしまった方もいると聞いています。高齢になればなるほど、やはりどんな形であれ、「人とかかわる」ことが大事だと感じます。

ありがたい「ご飯食べた?」コール

毎晩、夜の8時になると、熊本に住んでいる友人から電話がかかってきます。彼女は、局は違いますが、テレビの世界でプロデューサーをされていた同業者。定年退職後、故郷の熊本に戻りました。

毎晩の電話は、たいてい「ご飯食べた?」から始まります。

「うん、食べた」

「なに食べたの?」

「これこれ」

「ちゃんと食べてね。体調はどう?」

そんな感じです。

ひとりで暮らしていると、晩御飯もつい億劫になり、ぞんざいになりがちです。

でも、今夜も彼女から電話があると思うと、「報告できるようちゃんと食べなきゃ」という気持ちになります。

彼女はたぶん、ひとり暮らしをしている私の安否確認もかねて、毎日電話をくれるのでしょう。そんなふうに気遣ってくれる電話友だちがいるのは、本当にありがたいと思っています。

ひとりに慣れているとはいえ、私もたまには孤独を感じる夜もあります。とくにコロナで外出が減ってからは、ふっと心寂しい気持ちになることもありました。そんなとき、電話のベルが鳴って「あ、彼女からの電話だ」と思っただけで、心に灯が点《とも》ったような気がします。

そういえば私もここ20年あまり、毎晩10時から11時の間に、橋田壽賀子さんに電話をしていました。仕事の相談もしますが、なんとなく、声を聞かないと寂しいのです。

たまに仕事の都合などで電話をかけられなかったり、11時より遅れたりすると、「どうして電話しないのよ！」と、ちょっと怒った声で電話がかかってきます。なにも、そんな言い方をしなくてもいいのに。なんて勝手な人だろうとちょっぴり腹も立ちますが、お互いひとり暮らしなので、橋田さんも私のことを心配してくれていたのでしょう。〃おひとりさま〃どうし、毎晩、お互いに安否確認をし合っていたようなものです。

今でも10時を過ぎるとつい電話しそうになり、「あ、もう橋田さんはいないんだ」と寂しい気持ちになります。

最近の若い方は電話を避ける傾向にあるようですが、やはり生の声にはぬくもりがあります。「ひとりじゃない」と実感でき、「つながっている」という感覚をダイレクトに持てるのです。そんな電話相手がいるかいないかで、生活の質も変わってくるかもしれません。

高齢の〃おひとりさま〃のなかには、一日じゅう誰とも話さない日がある、とよく聞きます。それがどれほど、心身にこたえるか。ですから高齢の親や身内、年上の友人には、ぜひとも電話をしてあげてほしいと思います。

「人持ち」になるのが幸せへの道

日曜日になると、ときどき『渡る世間は鬼ばかり』の姑役を演じていた赤木春恵さんのお嬢さんの野杁泉《のいりいずみ》さんが、「一緒にご飯を食べませんか」と、うちを訪ねてくださいます。

数年前までは、日曜日もなにかと忙しくしていました。急な打ち合わせが入ることもありましたし、月曜日までに仕上げなくてはいけない企画書に手を入れたり、人と会うなど、なにかしら予定があったのです。

でもコロナが始まって以来、日曜日に予定がない場合も少なくありません。一年じゅう忙しくしているのが習慣になっていたので、なにも予定がないと、なんとなく手持ち無沙汰です。赤木さんのお嬢さんは、たぶんそんな私を気遣って、わざわざ日曜日に訪ねてくださるのでしょう。本当にありがたいと思っています。

私はきょうだいもいませんし、若いころ、２年間だけ結婚生活を送りましたが、子どももいません。縁者ももうこの世にはいないので、天涯孤独なのです。でも、いろいろな人がうちを訪ねてくれるし、電話もくださいます。ですから、〝ひとりぼっち〟という感じはしません。

今、高齢化社会と言われ、老後の心配をなさる方も多いと思います。でもどれだけお金をためても、人とのご縁や絆《きずな》がなければ、やはり寂しい思いをするのではないでしょうか。もちろん最低限のお金も必要でしょうが、「金持ち」より「人持ち」でいることのほうが、幸せにつながると思います。人はなによりの財産なのです。

ただ、それまで人とのおつきあいがなかったのに、80を過ぎて突然「人持ち」になることは、そうそうない気がします。やはり60代、70代までにしっかりと人にかかわり、ご縁を大切に育て、人に対する感謝の気持ちを忘れないことが、「人持ち」になる秘訣ではないかと思います。

人づきあいは「つかず離れず情深く」

私の場合、「人とのご縁は大切に」育てつつ、「求められない限り、あまり人の生活に踏み込まない」を旨としています。

たとえば、ご家族のこと。相手がご自分から話し出さない限り、身内のことについて聞かないようにしています。そのため私は、何十年も一緒に仕事をしている間柄の役者さんやスタッフでも、その方にきょうだいがいるのか、親御さんやお子さんとどんな仲なのか、知らない場合も少なくありません。

もちろん話してくだされればよろこんで聞きますし、ご家族ぐるみでおつきあいしている方もいます。自然な流れでそうなるのは大歓迎。ただ、無理やり身内のことに首を突っ込むのは失礼だと思ってきました。

人は誰でも、踏み込まれたくない部分があるもの。そこをずかずかと分け入るのは、無遠慮な行為ですし、長い目で見ると人間関係を損ねてしまう場合もあります。ですから私は、誰かが心を痛めていたり、つらい思いをしているだろうなと思っても、あえてなにも言いません。誰かそばにいてほしいに違いないと察したら、それとなく食事にお誘いしたり、そばにいるようにするくらいです。

そのかわり向こうから話してきたら、親身に話を聞くようにしています。そしてもし助けを必要としているなら、お役に立てるように全力で取り組みます。なにか問題を抱えている場合は、必要とあらば第三者を紹介したり、ときには私自身が交渉事の矢面に立つことも。せっかく頼ってくださったのだから、無私の精神で、全身全霊でおこたえしたいのです。

普段はほどよい距離をとりつつ、情を忘れずに、思いやりを持って人とつながっていく。そして、なにかあったら中途半端にせず、お役に立てるよう全力で駆け回る。そのなかで自然と人との信頼関係が生まれ、「人持ち」になれるのではないでしょうか。

第2章

お仲間と「ひとつ屋根の下」で

〝おひとりさま〟に心強い近距離暮らし

今、私が住んでいるのは、東京・青山のマンション。「ひとつ屋根の下」に、自分も含めてお仲間4人が集まって暮らしていました。メンバーは3歳下の奈良岡朋子さん、7歳下の若尾文子さん。以前は2歳お姉さんの京マチ子さんもいらしたのですが、残念ながら2019年5月に、95歳で旅立たれました。

4人に共通しているのは、世間様から見たら高齢女性の〝おひとりさま〟であること。そして、子どもや近い身内がいない、という点です。

京マチ子さんは、言わずと知れた日本を代表する銀幕の大スター。生涯独身を貫かれました。奈良岡朋子さんは1950年に劇団民藝の創立に参加し、女優一筋。お芝居を最優先させてきました。そして若尾さんは世界的な建築家・黒川紀章さんと死別し、73歳で再びおひとりになりました。

マンションがあるのは東京の中心部。地下鉄の駅もすぐ近くにあり、徒歩圏内に病院もあります。セキュリティもしっかりしており、コンシェルジュの方が親切でなにかと気にかけてくださるので、ひとり暮らしにはうってつけです。

数年前、昭和世代にテレビで活躍した人たちだけが入居する高齢者施設を舞台にしたドラマ『やすらぎの郷《さと》』が話題となりました。それもあって、オンエア当時、私たちの暮らしぶりはマスコミに〝リアルやすらぎの郷〟などと書かれたものです。

高齢の〝おひとりさま〟になったら、気心の知れた人と近距離暮らしをしたい。最近、そんなふうに考える人も増えていると聞きます。シェアハウスなどの同居は、プライベートが損なわれそうで抵抗があるけれど、たとえば同じマンションや徒歩圏内に住んで、必要があれば助け合いたい。おひとりさまにとってはなにかと心強いですし、確かに理想的な暮らしかもしれません。

声をかけ合い、近居が実現

今のマンションで暮らし始めたのは、20年ほど前。きっかけをつくってくださったのは、奈良岡朋子さんです。奈良岡さんとは60年来の仕事仲間。私がプロデューサーをつとめていた東芝日曜劇場に、1957年以来、70作以上も出演していただきました。

奈良岡さんは家を建て替えるため仮住まいを探していたところ、新聞に今のマンションの折り込み広告が入っていたとか。でも忙しくて、物件を見に行く暇がなく、「ねえ、いいマンションができたみたい。あなた、ちょっと見てきてよ」と、親しくしている私に言ってみえたのです。

仕事の合間にモデルルームを見に行ったら、私のほうがすっかり気に入ってしまいました。仕事場のテレビ局にも近いし、リビングルームの窓からの見晴らしもいい。なにより廊下があるのが魅力的でした。それまで住んでいたマンションは玄関を入るとすぐにリビングルームで、廊下のある家に憧れていたのです。〝善は急げ〟とばかり、その場で入居を決めてしまいました。

すると奈良岡さんは、「私もそこにするわ」。賃貸での仮住まいではなく、本格的に同じマンションで暮らすことを決めました。

それから数年後、京マチ子さんと同居していらしたマネージャーが亡くなられました。京さんがそれを機会に郊外のマンションに移ろうかと考えているとおっしゃるので、「そんな遠くに行かず、ここにいらしたらいかがですか？」とおすすめしました。すると京さんも「じゃあ、そうするわ」とすぐに同意されました。

最後に引っ越してきたのが若尾文子さんです。２００７年に黒川紀章さんと死別された後、思い出の詰まった住まいから離れ、気持ちを変えたいと思われたのでしょう。こうして同じ世界で仕事をしている４人が、ひとつ屋根の下で暮らすようになったのです。

ドアノブにかけておく、ぐらいがちょうどいい

用事があれば連絡を取り合うし、困りごとがあれば相談に乗るけれど、普段はそれほど頻繁には行き来しません。お互いの生活には立ち入らないほうが、いい関係が続くと考えているからです。それでも「ひとつ屋根の下」にお仲間がいて、お互いに気に掛け合うのは、高齢のひとり暮らしの場合なにかと心強いものです。

日常的な助け合いのひとつが、「食」に関すること。奈良岡さんは劇団の仕事で地方巡業など、家を不在にすることも多いため、ほとんど料理をされません。ですから、地方の方から送っていただいたお米や食材などは、私にお裾分けしてくれます。ただし本人によると、私に「預けている」そうです。

奈良岡さんは、家にいる日や仕事から早く帰ってきた日は、「お腹すいた〜。なにか食べたいな」と、よく電話をかけてきます。一人分つくるのも2人分、3人分つくるのも同じだから、そんなときはお惣菜をちょっと多めにつくり、炊いたご飯

に梅干しと生卵を添えてドアノブにかけておきます。そして「かけておいたわよ」と電話をすると、「ありがとう」。そんな、さっぱりしたおつきあいです。生卵を添えるのは、お好きなときにご飯をレンジで温めれば、卵かけご飯がすぐ食べられるからです。ときには「最近、配給があまりないけど、なにかない？」などと催促されることも。そんなふうに気がねなく、なんでも言い合える仲です。

ドアノブにかけておくなんて、水くさいと感じる方もいるかもしれません。でもお互い仕事をしており、それぞれ自分の都合があります。奈良岡さんは家で台詞を覚えていることもあるし、「私は人とべったりつきあうのが苦手」と公言している方。「干渉はしないけれど、助け合う」関係は、お互いにとって一番心地いい距離感なのです。

京マチ子さんにもよくおかずをお裾分けしましたが、京さんがつくってくださることもありました。往年の大スターは料理をしないと思われがちですが、かぼちゃの煮物など、そりゃあ、お上手でした。ときには京さんのお気に入りの和食のお店に、一緒に食事に行ったりもしました。

元旦はみんなでお雑煮

年の始めには、ひとつ屋根の下で暮らしている4人がうちに集まり、お正月料理をいただくのが習慣になっていました。おせちは毎年、到来ものがあるので、それ以外におかず数点とお雑煮。海老のすり身をパンに挟んで揚げたものは皆さんの好物なので、必ず用意します。

集合は元日の朝10時。「明けましておめでとうございます。本年もよろしくお願いします。いい年になるといいですね」と新年の挨拶をすませると、私は台所に行ってお雑煮の支度をします。

私がつくるお雑煮は、鶏肉と焼きネギに柚子《ゆず》を散らした、東京風のさっぱりしたお味です。少し目先を変えようと、鴨肉を使った年もありました。「ちょっと歯の具合が悪いの」とおっしゃる方がいるときは、鶏のひき肉を団子にしたものを入れたりもします。皆さんお酒を飲めるけれど、私は飲めないので、お屠蘇《とそ》は飲む格好

お正月の恒例、同じマンションに暮らす女優さんたちと。
後列左・奈良岡朋子さん、前列左・京マチ子さん、前列右・若尾文子さん

だけです。
祝箸の箸袋には、大晦日《おおみそか》にそれぞれの方のお名前を筆で書いておきます。これは、新派の俳優だった義父・伊志井寛《いしいかん》の習慣を引き継いだものです。元旦には弟子をはじめ、大勢のお客さまが見えました。父は、女たちが忙しくおせち料理の用意をしているの後目《しりめ》に、毎年、大晦日に数十人分の名前を箸袋に書いていました。

身内が少ない高齢の〝おひとりさま〟の女性にとって、お正月は、ちょっと寂しい気分になりやすい時期です。4人集まって過ごすお正月は、とても貴重な時間でした。

有吉佐和子先生の小説に『三婆《さんばば》』という名作がありますが、「三婆ならぬ四婆ねえ」なんて笑い合ったりして。今年はどんな仕事をする、どう過ごしたいなど、希望に満ちた話題で一年の始まりを祝ったものです。
ところが2019年に京マチ子さんが亡くなり、その後コロナ禍もあって、残念ながらしばらく集まっていません。心寂しい限りです。

車が相棒だったけれど免許は返納

奈良岡さんが今のマンションで暮らすことを決めたのは、「80歳前に運転免許証を返納したい」というのも理由のひとつだったそうです。実は私も、同じようなことを考えていました。

青山のマンションの前に住んでいたのは、千代田区の麴町《こうじまち》。そこから仕事場のテレビ局までは、自分で運転して出かけていました。でも年齢的に、そろそろ運転をやめたほうがいいと考えていたのです。

私は若いころから車の運転が大好きで、ダットサン１０００ccセダンから始まり、何台も車を乗り継いできました。プロデューサーの仕事を始めてからは、原作者の作家の先生や役者さんたちを車で送迎することも少なくありませんでした。

作家の山本周五郎先生は銀座で編集者と飲食を共にするときなど、私に「迎えにきてくれ」と連絡して来《こ》られることも。私は周五郎先生の仕事場がある横浜の間門《まかど》まで車で迎えに行き、食後、先生を間門までお送りしたものです。

酔っぱらっている先生は、「おい、ふく子。スピードは30キロにしろ」。

「えっ？　30キロでは、後ろの車からブーブー言われます」

「いいんだ！」

とりあえず「はい、わかりました」と答えておきますが、先生が眠ると、法定速度ギリギリまでスピードを上げます。そうしないと、いつになったら横浜に着けるかわかりません。そんなわけで、車はいわば私の相棒のような存在でした。


今のマンションなら局まで歩いても行けますし、タクシーでもワンメーターかそこら。そこで私が80歳になるとき、奈良岡さんと一緒に、免許を返納に行きました。

車を含め、持っているものを減らして生活をコンパクトにするのは、ある程度の年齢になったら大事なことだと思います。一方で利便性や安心感は、年齢を重ねれば重ねるほど優先したいもの。そういう意味でも、今の生活は理想的です。

廊下のある家は、気持ちの切り替えに便利

今の住まいは、リビングルーム、寝室、「勉強部屋」と呼んでいる仕事部屋の３部屋と、納戸があります。廊下があるのと、いわゆるLDKではなく台所が別になっている点が、とても気に入っています。

廊下のある家に憧れていたのは、ひとつには、気持ちの切り替えができるからです。朝、寝室から出て廊下を歩くと、「さぁ、今日も一日が始まる」と、ピシッとした気持ちになります。逆に、夜、寝室に入ると、ほっとくつろぎます。勉強部屋は、企画書を書いたり、台本を読みこんで直したりするための部屋。仕事に必要なので、テレビも置いています。

リビングルームは仕事の打ち合わせや、お客さまと一緒に食事をする場所。私にとって、いわば「公の場」です。廊下があるおかげで、勉強部屋を出てリビングルームに向かっているうちに、パッと「外向きの顔」に切り替わります。

置いてある家具は、ひとり暮らしにしては大きい210センチ×90センチのテーブルと、お客さま用の食器などが入れてある小さなキャビネットだけ。部屋の一辺には幅の広い窓があり、窓の下は低い棚になっています。キャビネットと棚の上には、美空ひばりさんの形見の犬のぬいぐるみ、橋田壽賀子さんの形見のお人形、大原麗子さんの形見のお人形など、大事な方の形見の品が飾ってあるくらい。それ以外は、あまりモノを置いていません。壁には、京マチ子さんの写真を掛けています。

かつてはソファがあったのですが、あまり使わないので処分しました。踊りのおさらいができるほど、がらんとしています。

少し前までは、リビングルームにはゴミ箱もありませんでした。公の場にゴミ箱はふさわしくないので、ゴミはそのつど台所まで行って捨てればいいと思っていたのです。でも2021年に室内で転倒して怪我をし、歩きにくかった時期に、妥協してゴミ箱を置くことにしました。

大事なもの以外は即処分

うちに見えた方は、「とても20年暮らしているとは思えませんね」とおっしゃいます。そのくらい、モノが少ないのです。

長年同じところに暮らしていると、自然とモノが増えがちです。とくに高齢になると、ついため込んだり、整理整頓が億劫になり、気づくと部屋がモノだらけになるケースも多いと聞きます。

でも私は、部屋がガチャガチャしているのが好きではありません。いろいろなモノが目に入ると頭の中が散らかり、脚本を読んでいても、仕事の構想を練ろうとしても、集中できないからです。それに床になにかしら置いてあると、転倒のリスクも高まり危ない。ですから、目に入るものが最小限になるようにし、スッキリと暮らしています。

常に家の中をスッキリさせるためには、不要なものはすぐに処分することが大事です。たとえばいただきもののお菓子や食べ物は、すぐに箱から出し、包装紙と箱は処分します。クッキーなどの缶やお店の紙袋は、とっておく方も多いと思います。でも実際は使わないまま、どんどん増えてしまう。私はお店の紙袋も、ちょっといいなと思うものだけ取っておいて、あとは捨ててしまいます。

洋服もそんなに数は持っていないし、滅多に買いません。裏方の仕事なので、黒やグレー、白など、あまり目立たず、オーソドックスなデザインのものをそろえておけば十分。変化はブローチでつけるようにしているので、服の数はそういりません。

以前は奈良岡さんと共同でマンション内に小さな部屋を借り、台本や洋服、トランク、写真などを保管していたのですが、家賃がもったいないから引き揚げようということで意見が一致。その際、思い切ってかなりのモノを処分しました。ただ、台本だけは処分できません。今は、エアコンのある納戸のタンスに保管しています。

モノがたまればたまるほど、片づけるのが億劫になり、悪循環に陥ります。先延ばしにせずに処分するのが、すっきりした暮らしを保つコツだと思います。

京マチ子さんからの思わぬ依頼

京マチ子さんといえば、黒澤明監督の『羅生門』（1950年公開）、衣笠貞之助監督の『地獄門』（1953年公開）、溝口健二監督の『雨月物語』（1953年公開）など、海外の映画祭で受賞した作品に次々と出演し、「世界で最も有名な日本人女優」と呼ばれた大スター。雲の上の人だと思っていました。

ところが『八月十五夜の茶屋』というアメリカ映画で、芸者役で出演された京さんを見て、その姿のよさにいてもたってもいられなくなったのです。そして、なんとしてでもお近づきになりたいと思い、知り合いを通じて紹介していただきました。

その後、1966年、東芝日曜劇場の『春や春』で杉村春子先生と共演していただく機会を得ました。そのとき京さんは、「テレビのお仕事は慣れておりませんし、私、ぶきっちょですから、よろしくお願いします」と挨拶をされました。誰もが認める大きな実績を持つ大女優さんの謙虚な言葉は、私の胸にずしんと響きました。

以降、ドラマや舞台で長年ご一緒するようになりました。

京さんといえば、和服のイメージが強いかもしれませんが、普段はジーンズなどカジュアルなおしゃれがお好き。それがまた、ものすごく格好いいのです。プライベートでは、踊りの会で一緒に踊っていただいたこともあります。演目は「水仙丹前」。元禄島田の女と色若衆の恋模様です。私は若衆をつとめましたが、京さんと一緒の舞台に立てたことは一生の思い出です。

最後にお仕事をご一緒したのは、2006年の『女たちの忠臣蔵』。橋田壽賀子さん作で、私が演出した舞台です。そのとき、京さんは82歳でした。


2018年夏、京さんは、24時間面倒を見てもらえるほうが安心だからと、ケアマンションに移られました。そしてその年の秋、突然、「明日、ちょっと来てほしい」とお電話がありました。行くと、公証役場の公証人と税理士さんがいます。なんでも、遺言書を作成するので、立会人になってほしい、ということでした。

私は思わず、「なんで、私が立ち会わなくちゃいけないんですか!」と、ちょっぴり怒ってしまいました。京さんがいなくなるなんて、考えたくなかったからです。

京さんは、「ごめんなさいね」と、私に何度も謝りました。でも、謝られたら、なおさらつらい気持ちになります。後から思えば、そう先が長くないことを予感していたのかもしれません。

それからしばらくして、京さんは体調を崩して入院されました。ときどきお見舞いに行っていましたが、亡くなる前日に、なぜか気になって病院に行ったのです。

京マチ子さんと。
おしゃれが上手だった

だいぶ弱っておられる様子でしたが、声をかけると、私の手を探して握り、「ありがとう、うれしい」と言ってくれました。

翌日、容体が悪化したとの連絡を受け、病院に駆けつけて――結局、私が看取《みと》ることになりました。

親しかった6人で密葬を

営み、お棺の中には愛用されていた着物と新しい草履、ハワイの友人から届いたお見舞いの手紙、私と京さんが一緒に日本舞踊を踊ったときの写真と扇を入れました。お棺に眠るお化粧をした京さんは、本当におきれいでした。

半年後、約束通り、ハワイに用意してあったお墓に納骨に行きました。墓地は小高い丘の上にあり、京さんのマネージャーが亡くなったとき、2人で納骨に行った場所です。その際、京さんから自分のお墓も同じ墓地に買ってあると打ち明けられたのですが、そのときも「そんなこと言わないでください！」と、私はちょっぴり怒りました。私は、お墓の話なんか、京さんとしたくなかったのです。

京さんの納骨を終えた直後、雨が上がって虹が出ました。エンディングまでドラマチック。あぁ、京さんは最後の最後まで女優だったと改めて思いました。

うちのリビングルームには、着物姿の京さんの大きな写真が飾ってあります。私が座る定位置から必ず目に入るので、毎日のように京さんのことを思い出します。コロナ禍になってからハワイにお墓参りに行けないのが残念です。

第3章

「人が好き」が日々の原動力

「人とかかわる」のが仕事

ドラマのプロデューサーは、あくまで裏方。陰の仕事です。どんなドラマをつくるのか。企画を立て、原作ものであれば作家にドラマ化の交渉に行くところから始めます。オリジナルの場合は、シナリオライターを決めて打ち合わせをし、企画に沿った脚本を書いてもらいます。

役者さんへの出演交渉、スケジュール調整、演出家やスタッフの選定、美術さん、小道具さん、衣装さんとの打ち合わせなど、決めること、やることは山ほどあります。1時間ドラマ1本にかかわる人間の数は、ざっと130人を超えます。そのすべてを束ね、段取りを組むのがプロデューサーの仕事です。

ときには役者さんの苦情を聞き、上手になだめて納得してもらわなくてはいけません。個人的な相談事を受けることも多く、そういうときは全力でサポートするようにしています。

脚本家が書いてきた脚本にもう少し手を入れるとクオリティがあがる、あるいは企画趣旨から少しずれていると思えば、話し合って書き直してもらう必要もあります。たとえば「このシーンはいらない」「このシーンはもう少しふくらませてほしい」など、具体的に細かく話します。その際、丁々発止の言い合いになることもありますが、それもこれもよりよい作品を生み出すためです。

また、民放である以上、スポンサーの立場や事情も理解しなくてはいけません。一方で、スポンサーを説得するだけの胆力も求められます。常に交渉事をしていると言っても過言ではありません。

現場では潤滑油の役目もありますから、四方八方に目配りします。四六時中、人とかかわり、皆さんに気持ちよく動いていただくために全力投球しなくてはいけないのです。

一方で、人からたくさんのエネルギーをいただける仕事でもあります。みんなで力を合わせて作品をつくる充実感や、テレビで放送されて皆さんに見ていただける達成感は、なにものにも代えがたいものです。

いつでも初心に立ち戻る

プロデューサーとしての初仕事は、1958年9月に放送された東芝日曜劇場第93回の『橋づくし』でした。原作は三島由紀夫さんで、新橋の花柳界が舞台です。年増芸者は山田五十鈴さん、若い芸者は渡辺美佐子さん、料亭のお嬢さんは香川京子さん、つきそいの女中は京塚昌子さん。舞台、映画、新劇界の女優さんたちが集結してくださいました。以来93年まで、東芝日曜劇場のプロデューサーをつとめました。

この枠の当初の特徴は、読み切り小説ならぬ一話完結のドラマだということ。『女と味噌汁』『天国の父ちゃんこんにちは』『カミさんと私』『おんなの家』など、シリーズになった作品もありますが、これも連続ドラマではなく、基本的に一話完結です。ですから東芝日曜劇場だけで、35年間で1100本近いドラマをつくったことになります。

毎週違う作品を放送するわけですから、常に3ヶ月くらい先の作品まで準備を進めておかなくてはいけません。今振り返っても、目の回るような忙しい日々でした。それでも、作品が生まれる充実感と、さまざまな人とかかわる幸福感に満たされていたので、つらいとは思いませんでした。むしろ、毎日ワクワクして過ごしていたのです。

その後、連続ドラマや単発ドラマの仕事をするようになり、42歳からは舞台の演出も手掛けています。ドラマも舞台も、多くの人の力と情熱がひとつの方向に向かわないと、いい作品になりません。ですからプロデューサーは、常に「皆さんによって支えられている」という気持ちを失わず、感謝の心を忘れないことが大切だと、肝に銘じています。その初心を忘れてしまうと、とたんに仕事はうまく回らなくなるからです。

ありがたいことにこの歳まで続けることができたのは、初心に立ち戻るよう、いつも自分に言い聞かせていたからかもしれません。そしてなにより「人が好き」だったからだと思います。

礼は尽くしつつ、ストレートに言う

交渉事や打ち合わせをするとき、そして撮影や稽古の現場でも、自分の考えはなるべくストレートに伝えるようにしています。もってまわった言い方をしたり、遠慮して真綿に包んで遠まわしに説明したりすると、真意が伝わりづらく、物事がなかなか進みません。それどころか、誤解が生じることさえあります。ですから、言いにくいことほど、端的に言ったほうがいいと考えています。

「ストレートにものを言う」スタンスは、相手が目上でも大物と言われる人でも変えません。かといって、相手に対して失礼な態度をとるのはもってのほか。ですから礼は尽くしますし、いつでも丁寧に人と接しているつもりです。それは相手が年下であっても、たとえ子役であっても変わりません。

ただし、その人の性格を見極めたうえで、アプローチの仕方を多少変えるのです。たとえば橋田壽賀子さんは「叱られて育つ」タイプの典型です。ですから「こんなセリフ、おかしいわよ。あなた、普通の会話でこんなこと言う？」などと、橋田さん曰《いわ》く「容赦がない」言い方をするときもあります。

でも指摘後の脚本は、私の予想以上にすばらしいものになっています。少々きつい言い方ができるのは、橋田さんとの信頼関係があってのこと。たまに人前で丁々発止とやっていると、まわりの人は「夫婦喧嘩をしている」と笑っていました。

一方、平岩弓枝さんは、褒めてさしあげると「もっといいものを」と、さらに見事な脚本を書かれます。たぶん客観的な意見によって、ご自分が得意な部分を自覚され、そこをさらに深く追求しようとするからでしょう。その方にとってどういうアプローチがいいのかを見極めるのも、プロデューサーの仕事のうちかもしれません。

「ストレートにものを言う」のは、私にとって一貫したスタイルです。たとえ意見が違う場合も、真心をもって誠心誠意ぶつかれば、きっとなにかが相手の心に届くはずだと考えているからです。

たぶん私は、根本の部分で、「人間」を信じているのだと思います。

大事なのは「諦めない」精神と情熱

東芝日曜劇場の初期のころは、オリジナル作品ではなく、小説を原作にした作品が主流でした。そのため単行本になる前の文芸誌や、ときには印刷前の状態のものに目を通すなどして、常に原作を探していました。

小説をドラマ化するには、原作を書かれた作家にお目にかかり、ドラマ化を承諾していただけるようお願いしなくてはいけません。でもなかには、すんなりお目にかかれない作家もいました。

なかなか会っていただけなかったのが、山本周五郎先生です。周五郎先生は、横浜の三渓園の近くにある間門園という旅館の離れを仕事場にしていましたが、何度電話をしても切られてしまうので、直接訪ねていきました。

予想していた通り、門前払い。それでも、私は諦めませんでした。確か4回目の訪問のときだったと思います。ガラッと戸を開けてくださり、「入れ」とひとこと。

部屋に通されると、「なにか飲むか。うちには酒と水しかない。どっちだ」。「私はお酒を飲めないので、水がいいです」と答えると、「そこに水道があるから、自分で汲《く》んで飲め」。

無事、原作のドラマ化も了承していただくことができ、その後もいろいろな作品をご提供くださいました。

門前払いにあっても諦めなかったのは、「どうしてもこの作品をドラマにしたい」という強い思いがあったからです。今となっては真意を確かめることはできませんが、最初なかなか会っていただけなかったのは、もしかしたら私の本気度と情熱を試しておられたのかもしれません。

心の機微を描くのが圧倒的に上手い女性作家は

女性作家の作品は人間の心の機微を丁寧に描いているものが多く、ドラマにしたい作品がたくさんありました。佐藤愛子さん、芝木好子さん、田辺聖子さん、津村節子さんなど、原作でお世話になった女性作家は枚挙にいとまがありません。

瀬戸内寂聴さんは、瀬戸内晴美さんの名前で1962年に発表された短編小説「夏の終わり」が、実質的なデビュー作と言ってもいいと思います。

読み終えて感じたのは、「すごい才能が登場した！」。一番乗りでドラマ化したいと思い、すぐに交渉をし、『みれん』というタイトルで1963年に放送しました。ヒロインは渡辺美佐子さんが演じましたが、さすが美佐子さん、といった演技でした。『みれん』は1986年、佐久間良子さん主演でリメイクしています。

瀬戸内さん原作のドラマは何本かやらせていただきましたが、出家なさると聞いたときには本当にびっくりしました。「どうされたんですか？」と伺ったら、「私もいろいろなことがあったから。しょうがないから、頭丸めちゃった」と、ニコニコされていたのが印象的です。

平岩弓枝さんは、直木賞を受賞された『鏨師《たがねし》』という作品を読んでさっそく代々木八幡のお宅に伺い、「日曜劇場でやりたいんです」とお願いしました。平岩さんはその場で、「いいですよ」と承諾してくださいました。

後日、原作を脚本化したものをお届けし、「どこか気になる箇所があったらおっしゃってください」と言ったら、「いや、なかなか面白いわ」。そして、ぜひ現場を見たいとおっしゃいます。

撮影現場にお連れすると、とても興味があるご様子。そこで後日、思い切って「テレビの脚本を書きませんか？」と打診しました。平岩さんの小説は、カギカッコの中の登場人物の言葉がとても美しく、しかも自然なので、脚本も書けるに違いないと思ったのです。

そこから平岩さんは脚本家としても活躍されるようになり、『女と味噌汁』『肝っ玉かあさん』『ありがとう』などのヒットシリーズを生み出すことになります。あのとき思い切って「脚本を書いてみませんか」とお願いして、本当によかったと思います。

花柳界をご存じないというので、神楽坂にお連れし、芸者さんをあげたこともあります。芸者さん方からいろいろお話を伺い、取材もできたようです。そういう余裕があった時代でした。

水前寺清子さんを待ち伏せ

私の大好きな言葉が「ありがとう」。人に対する感謝の気持ちは、やっぱり口に出して「ありがとう」と言ったほうがいいと思います。

ところが昭和40年代ごろから、人と人の関係が希薄になり、皆さんが以前ほど「ありがとう」と口にしなくなった気がしたのです。そんな世情に一石投じようと、ストレートに「ありがとう」というタイトルのドラマをつくりたくなりました。

脚本は、それまでも何本もご一緒した平岩弓枝さんにお願いすることに。おおよその内容や、石坂浩二さん、山岡久乃さん、乙羽信子さんなどのキャストは決まったものの、肝心の主人公が決まりません。いわゆる銀幕のスター的な美人女優ではなく、皆さんに親しみを感じてもらえるような、庶民的で元気な人がいい。そう思っていたのですが、なかなか「これ」という方が見当たらないのです。

そんなある日、打ち合わせのために演出の鴨下信一さんがいるスタジオに行ったら、小柄な女性が司会をやっています。「あの人、誰?」と聞くと「水前寺清子」。私は歌謡曲の世界に疎かったので、歌は知っていたものの、パッと見ただけではその方が水前寺清子さんだとわからなかったのです。

本名の民子から「ちいさなたみちゃん」の意味で「チータ」と呼ばれていた水前寺清子さんは、当時「三百六十五歩のマーチ」が売れに売れ、多忙を極めていました。

前向きなエネルギーがまわりにパッと飛び散っているような、光るものがあります。ピンと来て「ドラマに出ないかしら」と言ったところ、鴨下さんは「とんでもない。今、マイク一本で大忙しなんだから。僕は紹介できないよ」。

でも、そこで諦めるわけにはいきません。スタジオの壁に貼ってあるスケジュール表で休憩時間を確認し、トイレの前で〝待ち伏せ〟することにしました。マネージャーは男性なので、トイレには入れないと考えたからです。

予想通り水前寺さんがトイレに向かうところで、「すみません。お手洗いから出られたら5分間だけ時間をください」と伝えたところ、怪訝《けげん》そうな顔をしていました。そして、出られてから「実は私、ドラマのプロデューサーですが、ドラマに出ていただけませんか」とお願いしました。知らない人に待ち伏せされていきなりそんなことを言われたら、面食らうのも当然です。「いやぁ、私には決められないので……」と言葉を濁して、スタジオに戻ってしまいました。

それでも諦めきれず、週に1度、4週間にわたってトイレに追いかけました。そして4回目、「興味はありますが、スケジュール的に難しいので」という答えを引き出したのです。そこで、もう一押し。「だったら、このドラマの企画は中止します」。私の覚悟のほどが伝わったのかもしれません。「スケジュール調整を頼んでみます」と、前向きなお返事をいただけました。

こうしてチータが新米婦人警官を演じ、1970年から75年まで続いた大ヒットドラマ『ありがとう』がスタートすることになりました。三顧の礼ならぬ、トイレで四顧の礼と言ったところでしょうか。

後になって「初めて会ったとき、石井さんが私に言ったことを覚えていますか？」と聞かれました。「夢中だったのでよく覚えていない」と答えると、『あなたは美人じゃないからいい』って」と笑っています。しかもなんと5分間に7回も同じことを言ったとか――。いくら夢中だったとはいえ、失礼もいいところ。恥ずかしい限りです。

当時チータは、何回か待ち伏せされたので、違うトイレを探そうと思っていたとか。今となっては、笑い話です。

その後も親しくおつきあいさせていただいて、時折、「ご飯が食べたいなぁ」と電話がかかってきます。「じゃあ、行こうか」と、2人で食事に出かけることも。年末にご自宅で行われる恒例の餅つきにも、毎年呼んでいただいています。コロナで最近は餅つき大会が開かれないのは寂しい限りです。

ときには、お米を送ってくださいます。チータのお米は、奈良岡朋子さんの夕食にも、ドラマの撮影現場の差し入れのおにぎりにも、使わせていただいています。

上　ドラマ『ありがとう』は、1970～75年にかけて第4シリーズまで放送。
　　高視聴率を記念して水前寺清子さん、出演者の皆さんとともに。
　　（写真協力／TBSテレビ）
下　平岩弓枝さんと脚本の打ち合わせ

好奇心は精神を若々しく保つ特効薬

今や、当然のことながら、仕事の場でもまわりは全員年下です。ときには、ひ孫くらいの年齢の人と一緒に仕事をする場合もあります。

ドラマの場合は、スタジオに行ってもあまり撮影現場には行かず、別室でモニターを見ながら、なにか問題が生じていないか確認するようにしています。年長者の私が現場に行くと、ディレクターは仕事がしにくいだろうと思うからです。

気をつけているのは、「先輩風を吹かさない」。仕事の場では、年齢が違っても対等であるべきです。なかでも一番言ってはいけない言葉が、「最近の若い人たちは」。誰だって若いうちは未熟なもの。

一方で、若いときならではの魅力もあります。若い人たちは、高齢世代が知らない世界をたくさん知っているし、時代が変われば感性も変わります。テレビドラマは「時代を描く」という側面もあります。今の若い人たちがなにを考え、なにを感じているのか。そして、なにに悩んでいるのか。キャッチする力がないと、時代に合ったドラマをつくることはできません。そのためにも、好奇心を持って若い人と接し、本音を話してもらえるような雰囲気をつくることが大切だと考えています。

若い人と接する際、「先輩風を吹かさない」「好奇心を持って若い人と接する」の2点が大事なのは、なにも仕事の世界に限ったことではないと思います。世代が違えば、共通の話題もそれほどないかもしれませんし、高齢になるとなかなか時代の変化についていけない方もいるでしょう。だからといって、そこで心を閉じてしまうと、世界はどんどん狭くなってしまいます。

若い人たちが関心を持っていることに素直に興味を抱けば、喜んでいろいろ教えてくれるでしょう。すると世界が広がるし、感性も若返ります。好奇心は、精神を若々しく柔軟に保つための特効薬のようなもの。日々の生活をイキイキさせるためにも、好奇心を失ってはいけないと思います。

まず相手の意見を聞く

ドラマの際は、実際に撮影が始まったら、なるべく意見を言わないようにしていますが、舞台の演出の場合は、そうはいきません。稽古場で、動きや台詞の言い方など細かい指示を出すのが、演出家の仕事だからです。

ダメ出しであっても、頭ごなしには言いません。意見を出し合えるようにしたいからです。「私は、ここはそういう表現ではないほうがいいと思うけれど、あなたはどう思う？」と必ず相手の考えを聞くようにします。そのうえでお互いに案を出し合い、どういう表現にするかを決めていくのです。

仕事の現場に限らず、プライベートで役者さんから相談された場合も、「あなたはどう思うの？」と、まず相手の考えを聞きます。そのうえで、「私はこう思うんだけど、考えてみてね」と、相手に預けるようにします。

仕事でも私生活でも、自分の考えを押しつけたくないのです。私なりに人生経験を積んできましたが、人にはそれぞれ違う考え方、異なる感性があります。そして、どれが正しいというわけではありません。

私なりの意見や考えを言うのは、あくまで参考にしてほしいからです。自分だけでは思いつかない発想や考え方に出会うことで、何かしら突破口が開けるかもしれません。そのお手伝いができれば、私としてはうれしいのです。

もちろん私も、人の意見や考え方を参考にする場合が多々あります。そして「なるほど」と思ったら、即取り入れてきました。そんなふうに、いろいろな人の考え方や発想を素直に受け入れてきたからこそ、仕事も人間関係も広がっていった気がします。

年齢を重ねると頑固になり、自分の意見を押しつけたり、人の考えを聞かなくなる人もいるようです。でも、それではまわりから煙たく思われてしまいます。歳を重ねれば重ねるほど、「人の意見に耳を傾ける」柔軟さを大切にしたいと思います。

次の世代に引き継ぐ責任重大

「先輩風を吹かさない」とはいえ、生きてきた長さの分だけ人生経験も仕事の経験も積み重なっているのは、まぎれもない事実です。その経験は、財産と言ってもいいかもしれません。そうした経験や知識は、次の世代に伝えておかないと、消えてしまいかねません。

私の場合、若い人たちと一緒に仕事をするのは、今まで蓄積してきた経験を継承できるいい機会になります。とくにそう感じるのは、時代劇や戦前を舞台にした作品のとき。

たとえば戦前は、その人が属している社会や職業によって、着物の材質や着こなし、髪型、日常の動作や挨拶の仕方なども違いました。ですからドラマなどでその時代を再現する場合、そこを間違ってしまうのは、やはり問題だと思います。

私は花柳界で育ち、自分自身もずっと日本舞踊をやってきたので、着物の着こなしや所作など、今の若い方があまり知らないことを実体験として知っています。花柳界のしきたりや雰囲気なども、身体にしみ込んでいます。そういう部分も、ぜひ若い世代の方に伝えたいのです。

たとえば、芸者はお座敷では、通常お客さんの右隣に座ります。そしてお銚子《ちょうし》に左手を添えて左肩を下げてお酌すると、色っぽく見える。花柳界が出てくる舞台の演出をする際は、永く受け継がれてきたこれらの所作を、まず実演して伝えるようにしています。

椅子と机の生活を送ってきた世代の人たちは、畳の生活でのちょっとした動作などを知らない場合もあります。最近のテレビドラマは同時代が舞台のものが多いようですが、かといって、明治、大正、昭和が舞台のドラマがまったくなくなることはないはずです。今のうちに次世代に過去の蓄積を伝えるのも、先輩としての役割だと思っています。

街を歩けばドラマのネタにぶつかる

よく「新しいドラマの発想は、どんなときに浮かびますか？」と聞かれます。そんなときは「ネタはどこにでも転がっています。だから、常にキョロキョロしています」とお答えします。

たとえば——。

あるとき、橋田壽賀子さんとご飯に行こうということになり、2人で炉端焼きのお店に行きました。すると若い男性が3人、焼き台の前で串を返したり、団扇《うちわ》で仰いだりしています。

見ているうちにピンと閃《ひらめ》いて、「ねえ、これ、男性じゃなくて女性にしたら、面白くない？」。三姉妹がお店をやっていて、喧嘩をしたり、お客さんとの交流が生まれたり。日曜劇場でやるなら、女性が主役のほうがいいと思ったのです。

橋田さんも、「それ、いいじゃない」。こうして生まれたのが、杉村春子先生、山岡久乃さん、奈良岡朋子さん演じる三姉妹が、東京の下町で炉端焼きの店をやっており、そこでさまざまな騒動が起きる『おんなの家』のシリーズです。１９７４年から始まり、93年の単発ドラマでラストを飾りました。たった一度の炉端焼きでの食事から、20年近く続くドラマが生まれたわけです。

こんなこともありました。たまたま銀座の数寄屋橋を通りかかったとき、当時の東芝ビルの壁に、加山雄三さんの新譜レコードの宣伝幕がかかっていたことがありました。タイトルは「ぼくの妹に」。それを見たとたん、「あっ、これはドラマになる」と、ピンと来たのです。その足で、東芝の宣伝部に飛び込みました。

加山雄三さんの新曲を主題歌にして、主役も加山さん。妹役は中田喜子さん。１９７６年に放送され、大好評だったのでシリーズ化されて、年に１回のペースで84年まで続きました。

水谷豊さん主演の『居酒屋もへじ』も、ふと出会ったお店が発想のきっかけとなりました。

ある日、久しぶりに子ども時代を過ごした上野界隈を歩いていたら、感じのいい小さな居酒屋を見つけました。そこは〝一見《いちげん》さんお断り〟ということでしたが、かといって気取ったお店ではなく、地元の常連さんたちが普段着のままふらっと入れるような気軽な雰囲気です。しかもお代は、払えるときに、払えるだけ置いていけばいいと言います。今どきこんなお店があるのかと、びっくりしました。

そういえば子どものころ、私はずいぶん近所の大人たちのお世話になったものです。昔は、地域の結びつきや人と人との絆が強く、情も深かったのでしょう。そのお店の様子を見て、ふと、子ども時代を懐かしく思い出しました。

こんな居酒屋を舞台にした、下町のドラマをつくりたい——その思いから生まれたのが『居酒屋もへじ』、私が85歳のときの作品です。下町育ちの私にとって、「人の温かさ」「人と人の絆」は永遠のテーマ。いわば郷愁が、このドラマの生みの親と言ってもいいかもしれません。

若い俳優さんとの縁は時を重ねて

ホームドラマには、子役がつきもの。『渡る世間は鬼ばかり』に出ていたえなりかずき君とは、彼が5歳のときからのつきあいです。『渡る世間……』では、泉ピン子さんと角野卓造さん夫妻の長男という設定。くりくり坊主の男の子は、ドラマのシリーズが重なるにつれ、少年に、そして青年へと成長していきました。

あれは確か、えなり君が二十歳になったころだったと思います。何気なく彼のメイク室に入った私は、鏡に映る男性がヒゲを剃っている様子を見て、一瞬、誰だかわかりませんでした。振り返ったその男性がえなり君だと気づき、びっくりした私は、どうやらハトが豆鉄砲を食ったような顔をしていたようです。

「先生、ど、どうかなさいました?」と、えなり君は焦っていました。私のなかでは、少年のままでしたから……。

えなりかずきさんのお誕生日を祝って

そんな彼も、もう38歳。今でも、「顔を見たい」と、月に一度くらいの割合でうちを訪ねてくれます。ときには、仕事の相談に乗ることも。さて、私の目の黒いうちに、結婚相手を連れてきてくれるかどうか――。

私のことを「母ちゃん」と呼ぶのは、上戸彩さん。もともと『3年B組金八先生』に生徒役で出ており、シリーズが終わるとき、局の人から生徒役で誰か連続ドラマに抜擢《ばってき》したい人はいないかと聞かれ、「あの子がいい」と選んだのが上戸彩さんでした。彼女の存在に特別なものを感じたのです。

あるとき、上戸さんが「卵焼きのつくり方を教えてほしい」と言ってきました。ドラマの撮影は、都心から離れた神奈川県の緑山スタジオで行われることが多く、集合時間が早い場合は朝御飯を食べてこない方もいます。でも、腹が減ってはなんとやら。そこでパッと食べられて小腹を満たせるよう、おにぎり2つに卵焼き、もしくはゆで卵を添えたセットを現場に持っていき、皆さんに差し入れするようになりました。その卵焼きを、上戸さんはとても気に入ってくれたようです。

私がつくるのは、祖母譲りの別にどうということのない卵焼きです。割りほぐした卵にお塩とお砂糖、ほんの少しだけお醬油を入れて、四角い銅の卵焼き器でつくるのです。コツと言えば、火加減に注意することと、少しずつ卵を流し込み、丁寧に片側に寄せて、巻いていくことです。失敗したり、笑ったりしながら、卵焼きを伝授しました。あとは、何度もつくって慣れるしかありません。

ＥＸＩＬＥのＨＩＲＯさんと結婚すると報告に来てくれたとき、私は「結婚前に代表作となるドラマをつくりましょう」と言いました。こうして生まれたのが『金子みすゞ物語―みんなちがって、みんないい―』です。その後、2人のお子さんに恵まれましたが、2人ともうちで「お食い初め」をやりました。今では夫のＨＩＲＯさんも、私のことを「母ちゃん」と呼んでいます。

もしかしたら子どもさんが幼稚園に持っていくお弁当に、卵焼きが入っているかもしれません。祖母の味が若い女優さんに受け継がれ、そのまたお子さんに受け継がれていく。そう考えると、なんだか不思議な感じがします。

気づいたら〝肝っ玉かあさん〟に

女手ひとつで蕎麦屋《そば》を切り盛りしている女性を主人公とした『肝っ玉かあさん』は、京塚昌子さんあっての企画でした。なんでもずけずけ言うけれど、トゲがなくて、チャーミングなお母さんが主人公のドラマをつくりたいと思い、ふっくらした体形でいかにも包容力がありそうな京塚さんに主役をお願いしたのです。それまで脇役で通ってきたので、いきなり主役と聞いて「嘘でしょう？」とびっくりされていた京塚さん。『肝っ玉かあさん』は１９６８年から72年まで続く人気シリーズとなりました。

私はドラマの肝っ玉かあさんとは違って子どもはいないですし、職種もまったく違います。でもいつの間にか、血のつながらない大勢の家族に恵まれた〝肝っ玉かあさん〟になっていたようです。仕事を通じてご縁ができた方々が、日々頼ってくれたり、気遣ってくれたりします。

このあいだ、息子さん夫婦と沖縄に移住した大空真弓さんが電話をかけてきて「海苔の佃煮が食べたい」というので、買いに行って送ってさしあげました。やっぱり、食べたいものを食べさせてあげたいですから。そんなふうに遠慮なく頼みごとをしてきたり甘えたりしてくれるのは、私としては、うれしい限り。

先日は上戸彩さんが、近くの病院に来たついでに寄っていいかと電話をくれました。うちでしばらくおしゃべりをした後、到来もののスイカを持たせましたが、「今ごろ、あのスイカをお子さんと一緒に食べているかしら」などと想像すると、つい頬が緩みます。

一路真輝さんも、よく気軽にふらっと寄ってくれます。そして「お腹減った？」「減ったー」「じゃあ、食べに行く？」と言った感じで、一緒に食事に行ったり。「うちにあるもの、持って帰る？」と、海苔や佃煮、卵焼きなどを持たせることもあります。

気づいたら、いろいろな役者さんがうちをまるで「実家」のように思ってくれるようになりました。おかげで、家族がいなくても寂しい思いをしないですみます。本当にありがたいと、皆さんに感謝しています。

第4章

縁は異なもの味なもの

始まりは「天一天上の日」

ここで少し、私の生い立ちについて触れたいと思います。

人は母親の胎内で育ち、この世界に生まれてきます。そういう意味で、どんな人にとっても、人生で最初に縁が紡がれるのは母親ということになります。

私が生まれたのは、1926年9月1日。小さいころからことあるごとに、「おまえは天一天上《てんいちてんじょう》の日に生まれたんだよ」と、母から言われていました。でも、その本当の意味を知ったのは、ずいぶん後になってからです。

子ども時代の私は、あまり母との縁を感じていませんでした。というのも、母は「子どもの母親でいるより女でいたい」と公言するような女性だったからです。

母は下谷数寄屋町の花柳界で「君鶴」と呼ばれる人気の芸者でした。芸者置き屋をやっていた祖父母の養女だったこともあり、芸者とはいえ、比較的自由にふるまえたのではないでしょうか。

私は本当の父親の顔を知りません。母は22歳のとき、結婚せずに私を産んだのです。相手はいい家の御曹子。祖母は、何人か置いている芸者のうち一番の稼ぎ手だった母が結婚することをよしとせず、仲を引き裂いたと聞いています。

母は芸者なので夜はお座敷があり、当然、夜中まで家に帰ってきません。昼間もお稽古や髪結いさんに行くなど、忙しくしています。それに家庭の匂いがつくのを嫌い、「子持ち芸者」と知られたくないため、意識的に私を遠ざけていたようです。ですから私を育てるのは祖母の役目。完全におばあちゃん子でした。

その祖母も、置き屋の女将として忙しくしていたので、べったり甘えるわけにはいきません。ですから私はいつもひとり遊びをしている、孤独な子どもでした。

母がくたびれて寝ていると、子どもだから、つい甘えたくなります。そこで母の布団に潜り込もうとすると、蹴っ飛ばされてしまいます。もちろん母は、無意識だったのだと思います。仕方ないから押し入れの中に枕を持っていって、そこで寝たりしていました。

そのかわり母は、「おまえのやりたいことは、なんでもやりなさい」と言ってくれ、日本舞踊の稽古やおさらい会には、惜しみなくお金を使ってくれました。

8歳のときには、歌舞伎座の舞台で「吉野山」の狐忠信《きつねただのぶ》を踊らせてもらったことがあります。「おまえは金食い虫だね」などと言いながら、おさらい会の衣装なども奮発してくれました。

それが、母なりの私への愛情の表し方だと思っていました。実際、踊りが身につき、邦楽などの知識を身体で覚えたことは、後にテレビや舞台で時代劇をやるときにとても役立っています。

そんなわけで、私は母と一緒にお風呂に入ったこともありませんでしたが、大人になりひょんなことから、母の入浴姿を見たことがありました。すると「ほらっ」と、下腹部の大きな傷を私に見せるのです。帝王切開の手術痕でした。

なんでも私の出産予定日は、9月の半ばごろだったとか。ところが暦を見ると、その年は9月1日が「天一天上」の始まりの日だという——。

天一天上とは陰陽道《おんみょうどう》で定められた期間で、その間は何をしてもよろず物事がうまくいくとされています。その日に生まれると強運になり、人の縁に恵まれて育つ

上　ふく子5歳。母のぶ子は27歳。母娘で写る貴重な一枚。
下　6歳ごろ、写真館にて。空襲を免れた写真を大切に保管している

とどこかで聞いてきた母は、なんとしてでもその日に産むと決めたそうです。

当時、帝王切開はかなり危険を伴ったはずですし、どうしても必要なとき以外は行われなかったはず。お医者さまにどう頼み込んだのかはわかりませんが、まさに命懸けで私を産んだわけです。

母曰く「私は母親として、子どもになにもしてやれない。これからも好きな人ができるだろうし、自分のために生きたい。だから天一天上の日に産んで、幸せな人生を送れるよう先払いしておいたんだよ」。

「先払い」という言葉に、ドキッとしました。母には奔放な面がありましたが、同時になんと潔く、そして突拍子もない女性なのでしょう。私が人の縁に恵まれたのは、母のおかげかもしれません。

焼け出されて大スターのお世話に

〝恋多き女〟だった母がぞっこん惚《ほ》れ込んだのは、新派の伊志井寛。若いころは映画俳優でしたが、新派に移り、花柳章太郎先生と並んで新派の看板役者になりました。

私が13歳のとき、母親代わりになって育ててくれた祖母が亡くなりました。それから私は親戚や知人の家に預けられ転々としました。

その後、母は伊志井さん——後に私が「父」と呼ぶようになった人——と、麻布の家で暮らし始めました。そして伊志井さんの理解もあり、麻布の家で一緒に暮らすようになったのです。こうして生まれて初めて、母を近くに感じる生活が始まりました。

とはいえ、時代は戦争真っただ中。私は学徒動員で工場に駆り出されました。そのうち頻繁に空襲がやってくるようになり、麻布の家は焼け落ちてしまいました。

そのため、また母たちと別れ、知人などの家に居候することに。再び、家を転々とする生活が始まりました。

戦争末期、いよいよ戦況が厳しくなったため、父と母が山形県に疎開することになり、私も一緒に行くことになりました。私は疎開先で代用教員の仕事などをしていましたが、両親は移動演劇で旅に出るようになったので、このときもあまり一緒にはいられませんでした。

終戦を迎えたとき、私は19歳でした。東京に戻ってきたものの、住む家はなく、親子3人、またもやあちこち居候生活。戦後の混乱期で、父の舞台の仕事もなく、生活は苦しくなる一方でした。

ある日、新宿に出かけた母と父は、偶然、長谷川一夫さんご夫妻と会いました。父は長谷川一夫さんとは、戦前から旧知の仲。「カンちゃん、どうしてるの?」と聞かれ、「家がなくてウロウロしてんだ」と言うと、「今、代々木八幡に広い家を借りているんですけど、よかったら来てくださいい」とすすめてくださったそうです。こうして思いがけず、家族で銀幕の大スターの家に居候することになりました。

代々木八幡の家には、母屋のほかに、離れが二間ありました。そのうち一間には、岩田専太郎画伯ご夫妻が間借りしており、もう一間で父と母が暮らすことに。私は母屋で、長谷川一夫さんの姪《めい》の長谷川裕見子さんと、裕見子さんの妹が寝起きしている部屋に交ぜてもらうことになりました。

当時、裕見子さんは女優として舞台や映画に出始めたころ。日本舞踊の経験がないので、「ふーちゃん、教えて」と言われて、教えたこともあります。とても心やさしい方で、映画などの出演料をいただくと、きっちり三等分して、妹と私にも分けてくれました。そのご恩は、一生忘れません。

徐々に父も仕事ができるようになり、戦後の混乱をなんとか乗り切ったものの、私もいつまでも無職というわけにはいきません。すると長谷川一夫さんが、「新東宝でニューフェイスを募集しているから、受けてみなさい。推薦しておくから」とすすめてくださったのです。大スターのお墨付きもあったからでしょう。おかげさまで合格。そんなわけで、思いがけず役者の道が始まりました。

香川京子さんは、新東宝のニューフェイスの2年後輩です。新東宝で出会って以来、生涯の親友となりました。

若いころは2人でダンスにのめり込み、よく一緒に踊りに行ったものです。旅行にもたくさん行きました。そして、私のプロデューサーとしての記念すべき第1作ドラマ『橋づくし』にも出演しています。

当時は映画会社が「五社協定」を結び、自社専属の役者を他の映画会社の作品やテレビには出さなかった時代。香川京子さんは私の初作品のために、自ら会社の首脳陣を説得し、友情出演してくれました。一見、楚々とした香川さんですが、こうと思ったら意志を貫く強さがあるのです。私は香川さんのエールに、胸が震えました。

その後も、仕事のおつきあいとプライベートな友人関係がずっと続いています。父が生前、「恋人の代わりはいても友人の代わりはいない」と言っていましたが、まさにその言葉通りの友人です。

長谷川家からご縁はめぐる

一時同居していた長谷川裕見子さんは、東映の時代劇で売れっ子になり、どんどん忙しくなっていきました。裕見子さんは、白百合高等女学校を卒業したお嬢さま。いかにも育ちのよさそうな、世間ずれしていない品のよさも魅力でした。

そんな裕見子さんのことを、「あの人、おっとりしていて、なんかいいなぁ」と私に打ち明けたのが、船越英二さんです。京都の撮影所で、一度一緒に仕事をして以来、気になっていたそうです。

その話を聞いたのは、裕見子さんが日本映画見本市のために、松竹の社長さんたちとニューヨークを訪問している間でした。そこで私は「帰国する日を教えてあげるから。そのころを見計らって、家に行ってみたら？」と、いわば焚きつけたのです。

その後、2人は交際を始め、結婚することになりました。そして生まれたのが、船越英一郎さん。英一郎さんが赤ちゃんのころは、私もよくお守りをしました。

私のアルバムには、赤ん坊だったかわいらしい英一郎さんを抱っこしている写真が残っています。英一郎さんは今もときどきうちに遊びに見え、懐かしい写真をはさんで、「今は抱っこできないわね」などと笑い合っています。

船越英二さんは湯河原で旅館を営むようになりましたが、英一郎さんは跡を継がず、役者への道を志すように。私もぜひ後押ししたいと思い、『父の恋人』という作品でデビューの機会をつくりました。1982年のことです。その際、「きっかけはつくるから。あとは自分の力で切り開きなさいよ」と言いました。

言葉通り、英一郎さんは実力で役者として花を咲かせ、活躍を続けています。


長谷川のおじさまや裕見子さんには、家族で本当にお世話になりました。その後、裕見子さんと船越英二さんのキューピッド役になり、2人の間に生まれた英一郎さんとも、一緒にお仕事をするようになったわけです。

人の縁とは不思議なもの。ご縁を大事にし、ご恩を忘れずにいると、めぐりめぐって後々まで絆がつながっていくのかもしれません。

原 節子さんのチョコレート

新東宝に入ったものの、私はとくに女優になりたかったわけではないし、無口で人見知りをするほう。自分では、この世界は向いていないと思っていました。ただ、憧れの女優さんを間近で見ることができるのは、大きな喜びでした。

私が憧れていたのは、原節子さん。いわずと知れた、映画史上に燦然と輝く女優さんです。台詞はなくてもいいから、同じ画面に映りたいと思っていたところ、念願かなって原節子さん主演の映画『かけ出し時代』という作品に、端役で出してもらえることに。原さんは新聞記者で、私はお茶汲みの下っ端。もう、天にも昇る心地でした。

当時の大スターは、今とは格が違い、おいそれと話しかけられる存在ではありません。でも原さんはロケ先の箱根で、「一緒に写真を撮りましょう」とスチールのカメラマンを呼んでくださるなど、とても気さくで思いやりのある方でした。見た目の雰囲気とは違い、けっこうさばけた性格で、ユーモアもたっぷりでした。

『女医の診察室』では、原さんは医師で、私は看護婦の役。いつもそばにいる役でしたので、うれしくて仕方ありませんでした。ところがある日、私は熱を出して、スタジオで倒れてしまったのです。

気を失って医務室に運ばれ、ふっと目を開けたら、枕元になんと原さんがいらっしゃるじゃありませんか。そして、「大丈夫？」とやさしく声をかけてくださいました。

「はい」と返事をして、起き上がろうとしても起き上がれません。すると原さんは、「大丈夫、寝てなさい。ほら、口開けて」と、板チョコを割って、私に食べさせてくださったのです。

そのチョコレートの、おいしかったこと！　生涯、これを超えるチョコレートはないだろうと思い、以来、私はチョコレートを食べていません。

結局、私は新東宝を2年でやめてしまいました。原節子さんとの思い出は、その後も私の心の小箱に、宝物として納めています。

二足のわらじのころ

新東宝を辞めた後、新聞広告の求人募集を見て応募し、日本電建という住宅会社に就職することになりました。昭和30年のことです。しばらく営業部で働いた後、私の履歴書を見た社長の鶴の一声で、宣伝部に所属することに。屋外広告、新聞広告、ポスターなど、なんでもやりました。ラジオ東京で放送していた宣伝のコピーも書くなど、今でいうコピーライターみたいなこともやりました。

やがて日本電建提供のラジオドラマ番組をつくることになり、スポンサー側の宣伝部の担当として毎回現場に出かけるようになりました。私は現場の仕事を見ているのが楽しく、ワクワクしながら立ち会っていました。

そのうち、ラジオ局のプロデューサーが「次はなにをやりましょうか」などと相談してくるようになりました。本が好きだったので「これはどうかしら」と原作になりそうな小説を持っていったりするように。それが面白いとなると、脚色を考え、キャスティングのアイデアなどを出し合います。

ラジオドラマには、父に紹介してもらった新派の役者さんたちや、香川京子さんなど映画の世界の人たちが次々と参加してくれました。こうしていつの間にか、私はラジオドラマの制作に参加するようになっていました。

1955年、それまでラジオ部門だけだった東京放送にテレビ部門が開設されました（後のTBS）。すると編成局の人が私を訪ねてきて、テレビドラマのプロデューサーになってほしいと言うのです。ラジオの現場での様子を聞き、白羽の矢が立ったのでしょう。

とはいえ会社員の身です。日本電建の社長と東京放送の編成局長が話し合い、私は住宅会社とテレビの仕事の、二足のわらじを履くことになりました。

掛け持ち生活は3年ほど続きましたが、さすがに無理になり、正式にTBSの社員となりました。こうして、ドラマ制作にどっぷりとつかる生活が始まったのです。

女優さんたちの〝母ちゃん〟だった母

母は芸者を引退してからは、三升延《みますのぶ》の名で小唄の家元になりました。父は新派の役者で、母は花柳界の人でしたので、俳優とのおつきあいが多かったようです。気づくと、両親の家は役者さん方のサロンのようになっていました。

わが家の常連は、高峰秀子さん、越路吹雪さん、森光子さん。美空ひばりさんや江利チエミさんなど歌の世界の方もよく来ていましたし、人が人を呼ぶのでしょう、後に大原麗子さんや井上順さんなど少し下の世代の方々も加わりました。

高峰さんも越路さんも、母のことを「母ちゃん」と呼んでいました。なかには「ママ」と呼ぶ方も。母はとても面倒見がよく、誰か来ると「食べて行けば」。自分では料理をしないので、お手伝いさんにお願いして皆さんにふるまう。ですから仕事帰りに、ふらっと寄っていく人も多かったようです。オープンな雰囲気だったので、気がねなく寄れたのだと思います。

別の場所に住んでいた私が実家に行くと、女優の大原麗子さんが布団をかぶって寝ていたこともありました。母は麗子ちゃんのことを、実の娘のようにかわいがっていたのです。

母は365日着物しか着ない人で、売れっ子芸者だっただけあって、着こなしも抜群。着物の柄や色遣いなど、粋なセンスを持っていたため、俳優さんたちが着物や所作についてよく相談に来ていました。ときには女優さんの着物の見立て役として、ついて行ってあげたりもしていたようです。

私は母を〝母ちゃん〟と呼ぶ役者さんたちに、ずいぶんドラマでお世話になりました。考えてみると、両親が多くの役者さんや歌手と親しくしていたことも、母が着物コンサルタントと言ってもいいくらい着物の着こなしにうるさかったことも、すべて私の仕事に役立っています。

母は「私はなにもしてやれない親だから」と言ったものですが、そんなことはありません。つないでくれたご縁が、貴重な財産になったのですから。

父が開いてくれた舞台への道

TBSの社員になって7年目、父から、新派の公演のために新しい作品を考えてほしいと言われました。ドラマと舞台は別物ですが、企画を考えるだけなら大差ないと思い、引き受けることにしました。そこで、作家の小島政二郎さんのお嬢さんの実話をもとに、砂田量爾《りょうじ》さんに脚本を書いてもらい、『なつかしい顔―君はどこにいるの―』が完成しました。

父はその脚本を、当時新派の主事をつとめてらした川口松太郎先生に渡すというので、私もお供することになりました。読み終わった川口先生が、「面白いね。で、誰が演出するんだ?」と聞くと、父が「これ」と、首をちょっと後ろに振ります。私は、後ろに誰かいるのかと思って振り返ったのですが、誰もいません。父が誰のことを言ったんだろうと思ったら、なんと、私だと言うではありませんか。私は思わず、「冗談じゃない!」。

「おまえは小さいころから新派の芝居を見ているからできるだろう」と父が言うので、「見るのとやるのでは大きな違い。私、失礼します！」と、川口松太郎先生の家を飛び出してしまいました。

それでも父は諦めません。「逃げ腰ではいかん」などと、じわじわ追い詰めてきます。そこで、条件つきで引き受けることにしました。条件は２つ。まずは、演出に関して私の言うことを聞く。あくまで仕事として引き受けるのですから、親子だからといって〝なあなあ〟にはなりたくありません。

そしてもうひとつが、プロンプターをつけないことでした。プロンプターとは、俳優が台詞を覚えきれなかったり、忘れたりしたときに、舞台袖やセットの裏で、小声で台詞を教えるスタッフのことです。でもプロンプターが入ると、台詞に妙な間が空き、リズムが崩れてしまいます。私が演出するからには、完全に台詞を覚えてほしい。それが私の出した条件でした。父は、「わかった。全部覚える」と約束してくれました。

娘役は水谷良重さん、今の水谷八重子さんです。立ち稽古のとき、父に「そこで

上　30歳になったとき、父から贈られた小さなお雛さまを前に。
　　「三十路になりし娘を持ちて」と詠んでくれた。
下　父、母とともに取材を受けた折に

ちょっと止まって、一呼吸置いてから振り向いて」と演出をつけたところ、憤慨した様子で「おまえ、そんなことを決めるな！」。

父は、舞台初演出の私から、そんなふうに指示されるとは思っていなかったのでしょう。でも私も、負けてはいません。たとえ親子であっても、年齢が下でも、演出を引き受けたからには責任があります。演出家の言うことは、聞いてもらわなくては困ります。

そんなわけですったもんだあったものの、幕が開いたら大好評。そこから、ドラマだけでなく、舞台の演出もするようになりました。以来55年、毎年のように舞台の演出を手掛けています。

2015年には、1968年から2015年1月の『春日局』までの183作が最多舞台演出本数ということでギネスに認定されました。舞台との縁は「冗談じゃない！」から始まりましたが、今となっては父に感謝しています。

最期の瞬間まで役者

父が体調を崩して入院したのは1972年。末期の肝臓がんとの診断でした。ところが父は、次の公演『夜のさくら』は私が演出することになっていたので、「おまえの演出だからどうしても出たい」と言い張ります。私は父の意思を尊重し、病室に脚本を持っていき、お弟子さんの金田龍之介さんに病室に来ていただいて動きをやってもらいました。「セリフは入院中にちゃんと覚えてくださいね」とお願いすることも、忘れませんでした。

ハラハラした思いで迎えた初日。なんとか無事に幕が下りると、私は父に深々と頭を下げて「おつかれさま」と言いました。すると父は、「ダメ出しは？」。

「ありません」

「おまえ、ダメ出しがないなんて、珍しいじゃないか」

命を賭けて精いっぱい演じているのに、ダメ出しなどできません。父の役者魂には、頭が下がりました。

2日目。楽屋の扉に自筆で「申し訳ありませんが、体調の具合で面会はご遠慮申し上げます」と書いた紙を貼り、舞台の本番以外は誰にも会わずに楽屋で横になっていました。

3日目をなんとか乗り切り、4日目は先々代の中村勘三郎さんが観にいらっしゃることになっていたので、「オレはどうしても出たい」。無理を押して、舞台に立ちました。

ラスト、娘を嫁にやる父親が、娘を抱きかかえるようにして花道を進むシーンがあります。でもその日は花嫁姿の娘が、逆に父を抱えるようにしていました。私は花道の突き当たりの揚幕の裏で待っていたのですが、父の命の火が消えそうになっているのがわかるので、見るのがつらかった。結局、その日が父にとって最後の舞台となりました。

翌日から金田龍之介さんが代役をつとめてくださいましたが、父はなんとしても千秋楽まではがんばりたかったのでしょう。公演中はなんとか持ちこたえ、亡くなったのはその月の千秋楽の日でした。私は、父の役者としての執念を感じ、心底感服しました。

父が亡くなったとき、枕元でずっと付き添ってくださったのが、美空ひばりさんです。ずいぶん昔、ひばりさんの公演に父が出演したのをきっかけに父とひばりさんは親しくなり、うちにもよく遊びに見えていました。父はひばりさんのことを「いい子だ」ととてもかわいがり、尊敬もしていました。

ひばりさんは大スターでありながら情が深く、人のために骨身を惜しまない方でした。ひばりさんに見送ってもらえるなんて、父は本当に果報者だったと思います。

うちはお客さまが多かったこともあり、父は家の中にバーをつくり、いろいろなお酒を並べていました。母は、最愛の人を失ったショックで、「これが悪いんだ！」と、酒瓶をすべて庭に叩きつけて割ってしまいました。そして父が亡くなって4年後、母は父を追うように同じ肝臓がんで亡くなりました。母が亡くなったときは、きょうだいのいない私のために、高峰秀子さんと森光子さんが付き添ってくださいました。

高峰秀子さんとの不思議なご縁

高峰秀子さんは、戦前、天才子役スターとして注目され、その後もずっと日本映画界を代表する大女優だった方。夫は、映画監督の松山善三さんです。松山さんとのご縁は、私がまだテレビの世界に入る以前、ラジオドラマ『鳴門秘帖』の脚本を書いていただいたのが最初です。

高峰さんは母と親しくしていたので、ぜひテレビドラマにも出ていただきたいと思って、お願いにあがったときのこと。「誰がやるものか。おまえが死んだら、やってもいいよ」などと、冗談っぽくわざと憎まれ口をきくのです。そこで私もふざけて、「じゃあ死にますからやってください」と答えました。

映画こそ自分の活躍の場と思っておられたようで、ドラマにはあまり出られませんでしたが、『浮かれ猫』（1968年）に出てくださり、杉村春子先生と父も共演しました。その後も東芝日曜劇場には10作以上出ていただきました。

高峰さんは文筆家としても知られており、エッセイ集を何冊も出しています。文体がとても魅力的ですし、高峰さんなら脚本も書けるのではないかと、密かにお願いする機会をうかがっていました。

その機会は、母の死後、訪れました。17回忌を迎え、母をモデルにしたドラマをつくろうと思い、生前の母をよく知っている高峰さんに脚本をお願いしたのです。高峰さんは「母ちゃんのことはぜひ書きたい」と引き受けてくださった。それが『忍《しの》ばずの女』という作品です。『忍ばずの女』というタイトルは、幼いころ、わが家の近くにあった不忍池と、自由奔放に生きて「忍ばない女」だった母の生き様のダブルネーミングです。

芸者・君鶴役は、大原麗子さん。私の祖母役は森光子さん。そして父の役は、風間杜夫さん。母が大好きだった高峰さんに脚本を書いてもらい、娘のようにかわいがっていた麗子ちゃんが自分を演じ、仲のよかった森光子さんが義母の役。なにより母の供養になったのではないかと思いますし、親孝行ができたと思います。

ひばりさんとかぼちゃの煮物

美空ひばりさんが亡くなってから、34年がたちます。東京・青葉台のご自宅は生前のまま残っており、住み込みで働いていた3人の女性は、今もそのままひばり邸で暮らしています。

そのうちの一人、あさちゃんこと辻村あさ子さんは、鶏そぼろ、焼き鮭のほぐしたもの、炒り卵がのった三色弁当がとても上手です。昨年も命日がある6月にひばり邸に行ったら、いつも通り三色弁当をつくってくれたので、家に帰ってからありがたくいただきました。「おいしかったわ」と電話したら、「うれしい！」と喜んでくれました。

美空ひばりさんとは父を通して縁が生まれ、ドラマにも何本か出演していただきました。父が亡くなり、その後を追うようにして母が亡くなってからは一時ご縁が

美空ひばりさんと。
亡くなる1年ほど前の1988年8月、ひばりさん宅にて

遠くなっていましたが、何年かたってから大原麗子さんや奈良岡朋子さんを通して、「お会いしたい」という言伝《ことづて》をいただきました。

その後、大原麗子さんが出ていたドラマの撮影現場に差し入れを持ってきてくださり、久しぶりにいろいろとお話ししました。そして近況を話すつもりで「明治座で芝居をやっています」と言ったところ、なんと次の日、明治座に見に来てくださったのです。

そこからご縁が深まり、家をよく行き来するようになりました。ときには息子の和也君の学校に行くのに「あんた一緒に行ってよ」と言われたりも。和也君の父はひばりさんの弟さんですが、養子としてすごくかわいがっていました。

1988年には3時間ドラマ『忠臣蔵・いのちの刻』で、照月尼の役をやっていただきました。でもそのころ、すでにお身体の具合がかなり悪かったのです。

その年の12月25日に帝国ホテルでひばりさんのディナーショーがあり、『忠臣蔵・いのちの刻』の出演者だった森光子さん、奈良岡朋子さん、浅丘ルリ子さん、演出の鴨下信一さん、旧知の岸本加代子さん、私も招待され、見に行きました。ひばりさんは何十曲も歌われましたが、体調の悪さはみじんも感じさせませんでした。

私たちは余韻を楽しむため、神楽坂の店へと向かうことに。するとひばりさんからお使いがきて、「終わった後、どこに行くのかと言っています」と聞かれました。「お疲れでしょうからまたの機会に」とお伝えしたのですが、神楽坂で喋っていたら、そこへひばりさんがいらしたのです。そしてなんと、浪曲の「唄入り観音経」をアカペラで歌われました。その、すばらしかったことと言ったら——思わず、涙がにじんでしまうほどでした。

年が明けて1月のある日、ピンポンとインターフォンが鳴ったので出ると、「加藤です」。心当たりがなかったので、「どちらの加藤様でしょうか」と尋ねると、「和枝です」。そう言われてもすぐにはピンと来なかったので、とりあえず1階まで降りていきました。すると、美空ひばりさんが立っていました。

とくに約束していなかったのでびっくりして、「どうしたんですか?」と聞いたら、「ちょっと、あんたに会いに来たの」。なんと美空ひばりさんが、アポなしでうちに見えたのです。

あがっていただくと、ひばりさんはお手製のお弁当とお丼を持参し、「食べて」

と私にすすめます。開けてみると、例の三色弁当のほか、お丼にたっぷりかぼちゃの煮たのが入っていました。

私は好き嫌いが多く、かぼちゃも苦手。ですから食べるのを躊躇《ちゅうちょ》していると、

「私が見ている前で食べなさい」。なんでもご自分で煮たとおっしゃるので、食べないわけにはいきません。まさに清水の舞台から飛び降りるような気持ちで、その煮物を食べました。すると驚いたことに、おいしいのです！　どうやら食わず嫌いだったようです。

ひばりさんは、私の偏食を心配してくれていたのでしょう。とても細やかで、気遣いの人でした。

それから2ヶ月後。体調が思わしくないというのであるクリニックにお連れしたところ、レントゲンを撮ると肺が真っ白で、間質性肺炎という診断が下されました。お医者さまは、「よくこれで歌えますね。すぐに入院したほうがいいと思います」。そこで、順天堂大学の附属病院に入院することになったのです。

チャッピーと階段と、ひばりさんの最後の手紙

ひばりさんの入院中は、私もできる限りお見舞いに伺うようにしていました。するとある日、「チャッピーを連れてきてよ」と言うのです。ひばりさんはチャッピーと名づけたヨークシャー・テリアの雌犬とその子犬を飼っており、とくにチャッピーをかわいがっていました。でも、さすがに病院に犬を連れていくのは憚られます。「怒られると思う」と答えると、「バッグの中にでも隠して、連れてきて」と。

ひばりさんの願いを叶えようと、青葉台のお宅にチャッピーを迎えに行き、犬用のバッグに入れて、見つからないように病院の外階段を上って特別室へ。ひばりさんはチャッピーと会えて、それはうれしそうでした。

6月某日、ひばりさんから速達が届きました。そこには、

「何故あれほど好きだった歌が……

私の中から　消えそうになって居るのが不思議です（中略）

歌心を失った　私は無です」

と、慟哭にも似た内容が記されていました。

最後の一行は、

「本当に有難うございました」。

不安がよぎりました。それまでもよくお手紙をいただきましたが、文末はいつも「加藤和枝」と書いていらしたのに、その速達には「美空ひばり」と書いてあったことも気になりました。


それから数日後の夜中、危ないという連絡で青葉台のご自宅に駆けつけたところ、すでに亡き人となって奥の和室で横たわっておられました。萬屋錦之助さんが、病院から一緒に帰ってこられたということでした。

「お化粧してやってください」と付き人の関口範子さんから言われ、信じられない気持ちでつらかったのですが、死化粧をさせていただきました。ひばりさんは錦之介さんのことを慕っていたので、「口紅を塗ってさしあげてください」と、最後に口紅をお渡ししました。

斎場でお骨上げをする際、喉仏の骨があまりにもきれいで立派なのでびっくりしました。あぁ、この喉で歌っていたのかと、なんとも言えない気持ちになりました。

あれから34年。今も息子の和也さんと奥さんの有香さんは、私の誕生日の１ヶ月前に食事に呼んでくれます。誕生日のその日は忙しいでしょうからと気遣ってくださるのです。何年たっても、ひばりさんの思い出は色褪せません。

第5章

何歳になっても、人から学ぶ

人のいいところを真似てみる

私は、何歳になっても人の様子をよく見て、人から学ぶことで、自分を変えられると思っています。気づいたときが、新たな出発点。年齢は関係ありません。

私は子どものころ、「人見知りのふーちゃん」「無口なふーちゃん」と言われていました。内向的で、友人もそれほど多くはなかったのです。ここまで本書を読まれた方は「信じられない」と思われるかもしれませんが、本当のことです。みんなと一緒に行動しなくてはいけない運動会も遠足も苦手だったので、ほぼ休んでいました。

きょうだいもおらず、母親との縁も薄かったので、自転車に乗るなど、いつもひとり遊びばかりしていました。家から近い不忍池では、よくボートにも乗りました。子どもがひとりでボートに乗るのは危険なので、ボート乗り場にいたお兄さんは、いつもそれとなく私を見守ってくれていたようです。

そんな子ども時代の私にとって唯一、自分らしさを発揮できる場が、日本舞踊のお稽古だったのかもしれません。学校にいるより稽古場にいるほうが好きで、学校を抜け出して稽古場に行ったこともあります。

日本の伝統芸能の世界では、「学ぶは真似《まね》ぶ」とよく言います。お師匠さんを真似て、技術や芸、知恵などを身につけるのが、すなわち学ぶ、ということなのでしょう。

これはなにも、芸能だけとは限りません。「人の振り見て我が振り直せ」ということわざがありますが、この言葉は「人の失敗から学ぶ」ことだけを指しているのではないと思います。人を見て、いいなと思ったことは、どんどん真似ていく。そのうち、それが身について、自分のものになっていくのではないでしょうか。

幸い私は、仕事の場ですばらしい先輩方や、大勢の素敵な方たちと出会うことができました。おかげで「私もあんなふうになりたい」「ここはぜひ取り入れてみよう」と〝真似ぶ〟ことができたように思います。

無口で人見知りなふーちゃんだった私が、「これだ！」と閃いたらすぐに体当たりする実行力を身につけられたのも、そして仕事の場でストレートになんでも言えるようになったのも、まわりの人を見て「なるほど、こうすればやりたいことが実現できる」「こんなふうに接すれば人の心に届くんだ」と学び、真似てきたからです。もしかしたら、孤独な少女だったからこそ、小さいころから「人をよく観察する」習慣が身につき、それが役に立ったのかもしれません。

人は年齢を重ねたりキャリアを積むと、人から学ぶ精神を失いがちです。でも、それでは自ら「よりよき自分」になるチャンスを捨てることになり、もったいないと思います。

私は今でも、「あの人、素敵だな」「いいなぁ」と思ったり、「なるほど、こうすればもっといい生き方ができる」と感じたりすると、〝真似ぶ〟ようにしています。いくつになっても、人は変わることができるし、成長できると信じているからです。

4歳で始めた日本舞踊では立役が多かった。同門の友人と、ともに10代のころの姿

不忍池のボート乗り場にて。久しぶりながら力強いオール捌き。2008年撮影。
（撮影／藤澤靖子）

口は堅く「私でお役に立てるなら」

母はいわば、女優さんや歌手の方々の「私設相談所」でした。恋の悩みなどもよく聞いてあげていたようですが、私には決して内容を漏らしませんでした。家族とはいえ、そのあたりはきっちり、けじめをつけていたのです。

気がつくと私も母のように、いろいろな方の相談に乗るようになっていました。まさに私設相談所みたいなところもありますが、別にそれがイヤではありません。「私でお役に立てるなら」と思っています。そうした考え方は、母が残してくれた大事な遺産だと思っています。

ときどき恋愛の相談も受けますが、私は「こうしたら」というアドバイスはとくにしません。皆さん、話しているうちに心が整理されるのでしょう。おつきあいしてると聞いていたのに、気づいたら別れている方もいれば、結婚された方もいます。マスコミで発表される前に、おつきあいしている方を紹介してくださる役者さんもいます。

恋愛や結婚生活に関する相談事のなかには、墓場まで持っていったほうがいい内容のものもあります。「口が堅い」ことも、皆さんが相談に見える理由のひとつかもしれません。これも、母の背中を見て、自然に覚えたことです。

もともと東京の下町育ちなので、私は江戸っ子流の「さっぱりしているけれど世話焼き」の面があるのかもしれません。そういう気質というか性格は、プロデューサーという仕事に向いていると思います。

それに知らず知らずのうちに、面倒見のよかった母の振りを見て、学んでいたのでしょう。

「人にしてあげたことはその場で忘れろ」。父の教え

生みの母も、そして父も、私とは決してベタベタした親子関係ではありませんでした。どちらかというと、特殊な関係だったと思います。

私が日本電建に勤めていたころ、山手線の線路の近くに部屋を借りて3人で暮らしていた時期がありました。ある日、仕事が終わって帰ると、家はもぬけのから。違う家に入ったかと思って、一度、外に出てみたのですが、間違いなく私のうちです。びっくりして父の姉に電話をしたところ、「あら、ふーちゃんになにも言ってなかったの？　引っ越したのよ」。電車の音がうるさくてイヤだと言っていたので、引っ越しを急いだのでしょう。それにしても娘の存在を忘れるなんて、なんという親でしょう。

そんな2人でしたが、私は両親から本当に多くのことを学びました。とくに父からは、芸能の世界で生きていくために大切なことを教えてもらいました。

新派のスターと言われた役者だった父が、私がこの世界で仕事をするようになったとき、こう言いました。

「人から世話になったことは一生忘れるな。人にしてあげたことはその場で忘れろ」

なんと深い言葉でしょう。私はその教えをしっかりと胸に刻み込んで今日まできました。

父は、「『おかげさま』というのは、『あなたの陰の下で、あなたの知恵と庇護によって、私は毎日つつがなく暮らさせてもらっています。ありがとうございます』という意味を込めた言葉なんだよ」とも、よく口にしていました。この言葉も、私にとって生涯の学びとなりました。

私たち一家は、戦後の混乱期、長谷川一夫ご夫妻に本当にお世話になりました。そのおかげで、私たちは苦しい時代を乗り切り、新たなスタートを切ることができたのです。私がこの世界で仕事をするようになってからも、長谷川一夫さんのご縁に助けられました。

誰かに助けてもらったら、その人にご恩を返すのはもちろんのこと、今度は自分が他の人たちになにかをしてあげなくてはいけない。それが人としての道だし、そうやって人の情や絆が順送りにつながれば、多くの人が幸せになる。

そして苦しい立場にある人も、孤独な境遇で寂しい思いをしている人も、「世の中捨てたもんじゃない」と思えるようになる――両親の根底に、こんな考え方があったのだと思います。母が大勢の女優さんや歌手の方たちの〝母ちゃん〟になったのは、そういうことだったのではないでしょうか。

両親からもらった無形のものを、皆さんに還元しなくてはいけない。私はいつも、そんな気持ちでいます。だからこそドラマを企画する際も、なるべく人と人の絆や、人のやさしさ、情といったものをテーマにしたいと考えているのです。父と母から学んだ大切なことを、多くの視聴者の方にお伝えしたい。それが私の使命であるとも思っています。

杉村春子先生から学んだ仕事への情熱

私は普段、女優さんは○○さん、若くて親しくしている方は○○ちゃんと呼んでいます。「先生」とお呼びする女優さんは、２人だけ。そのうちのおひとりが杉村春子先生です。

杉村先生は、築地小劇場から始まり文学座の結成に参加され、日本の演劇界を支えてきた方。私が最も敬愛する女優であり、人生の師匠でもあります。母が先生の大ファンだったこともあって、私は今の仕事を始める前から、先生にお目にかかる機会が何度かありました。

初めて仕事をご一緒させていただいたのは、１９６２年。渡辺美佐子さんと共演された『女ひとり』でした。「ちょっと怖そうな方」という先入観を持っていたのですが、その予想は見事にはずれ、とても気さくで陽気なお人柄。お目にかかった折、「お元気ですか？」と尋ねると、茶目っ気たっぷりに「あなた、私が元気だったらいけないの？」などと言われたことがあります。

あるとき、先生から「テレビでなにか考えてもらえないかしら。舞台だけでは、役者としてやっぱりダメだと思っているんです」というお手紙をいただきました。

しかも、驚くほど字が美しいのです。自分の芝居の幅を広げるには、テレビも大事にしなければいけない。第一人者でいながら、威張ったところが一切ない謙虚なお人柄と、仕事に賭ける情熱に感動しました。

先生は、普段は洋服をお召しですが、ドラマでは和服のほうが多いようです。衣《え》紋《もん》をちょっと抜いて楽にお召しになる独特の着こなしが、なんとも粋で素敵で、それだけに衣装選びには緊張したものです。

たまに気弱な気分になったときは、先生がポツリとおっしゃった「あなたはいいわね。私の歳になるまで、あと20年もあるのよ」という言葉を思い出します。そのひとことに、どれだけ励まされ、力づけられたことか。

先生は亡くなる直前まで舞台に立ち、91歳で逝きました。常に20年先を走り、人生の先輩としてお手本にしていましたが、気がつくと、私はすでに先生の享年を超えています。

山田五十鈴先生の謙虚さと気配り

私にとってもうおひとり、「先生」をつけて呼ばせていただくのが山田五十鈴先生です。山田五十鈴先生といえば、銀幕の大スターとして、そして舞台の名女優として、戦前から活躍されていた大女優さんです。

私の初プロデュース作『橋づくし』の主演にぜひ、と思っていたのですが、出演していただけるかどうか、自信がありませんでした。でもお願いしたところ、快く引き受けてくださったのです。そのときの感動と感謝の思いは、今も忘れていません。そのとき出ていただいたのが、ご縁の始まりです。

その後、私が舞台の演出を手掛けるようになると、時間さえあえば、気さくな感じで「いいわよ」と受けてくださいました。しかも大先輩なのに、私の演出に「はい、はい」と応じてくださるのです。ですから変なお仕事をお願いするわけにはいきません。山田先生でないとできない作品を考えようと、襟を正すような気持ちになったものです。『女たちの忠臣蔵』は、テレビドラマも舞台バージョンも出演してくださいました。

最後にお仕事でご一緒したのは、２００１年の『夏しぐれ』。これが山田五十鈴先生の、最後の舞台出演となりました。『夏しぐれ』には京マチ子さんも共演し、大女優のそろい踏みと、おおいに話題になりました。


山田先生はお若いころ大変モテたそうで、過去の色っぽいお話もしてくださいましたが、別れた男性のことは、決して悪く言いません。そこがまた、恰好いいのです。肉料理がお好きで、たまに数寄屋橋の行きつけのお店に連れていってくださいましたが、どうも私があまりお肉を食べないのを知って、ちょっとお説教の意味もあって誘ってくださっていたようです。「お肉食べなきゃだめよ」と、よく怒られました。

山田先生は、大女優だからといって決して偉そうにはしません。常にまわりの人たちに細やかな気遣いをされます。一流の方というのは、人格面でも一流なのですね。その心持ちに少しでも近づきたいと思っています。

見習いたい森光子さんの深い情

森光子さんは、もともとは母の友人でした。私の実家でよく食事をしたり、ときには麻雀などもしていましたし、着物に関することは母に相談していたようです。母のところに来るときは「こんにちは」ではなく、「ただいま」と言っていました。

母は森さんから紹介された大原麗子さんとも気が合ったようで、いつの間にか、森さんが長女、私が次女、麗子さんが三女の〝三姉妹〟ということに。もっとも次女が一番、母親とは縁が薄かったかもしれません。長女と三女には専用の箸や茶碗があるのに、仕事にかまけてあまり実家に顔を出さない私の分はありませんでした。

母は、実の娘の私にはあまり甘えないのに、なぜか森さんには甘えていました。おいしいものを食べに連れて行ってもらったり、一緒に遊びに行ったり。父が亡くなってからは、寂しいだろうからと、森さんは大晦日には必ずうちに来て新年を母と一緒に迎えてくれました。

皆さんもよくご存じのように、森さんは国民的女優として活躍され、そりゃあお忙しい日々を送っていた方です。それなのにちょっとした時間を見つけては、母を気遣ってくれた。本当に情が深く、細やかな心配りをなさる女性でした。

森さんのお母さまも私の母と同じく元花柳界の方で、結婚なさらずに森さんを産んだそうです。そして森さんは13歳のとき、お母さまと死別されました。もしかしたら母とご自身のお母さまを重ねて、「親孝行」をしてくださったのかもしれません。母が亡くなったときにお化粧をほどこしてくれたのも、森さんでした。

母の十七回忌の「偲ぶ会」の際は、森さんと日本舞踊の「鳥辺山《とりべやま》心中」を共演させていただきました。実は以前、母と私で踊ったことがある演目ですが、そのときの母の役を森さんが買って出てくださったのです。


仕事では、1966年スタートの『天国の父ちゃんこんにちは』など、何作ものドラマで主役を演じていただき、舞台でもずいぶんご一緒しました。普段はキュートで明るい方ですが、芸に対してはとても厳しく、稽古に入る前にセリフが完璧に入っています。「そうじゃないと表現できないでしょ」が口癖でした。若い共演者を応援しつつ、ときにはピシャッと叱ることも。それもこれも、もっと成長してほしいという強い愛情からでした。

森さんは、若いころ、それはご苦労されたそうです。でも苦労話は、一切されませんでした。つらい思いもし、人生の酸いも甘いも知り尽くしたからこそ、いっそう人を大切にし、深い愛情を持って人に接していたのかもしれません。そして、女優として仕事が続けられることに対して、常に感謝の気持ちを忘れない方でした。

晩年、体調を崩して入院されたとき、お見舞いに行くと「悔しい」と口にされました。「まだ舞台に立ちたい」という思いがあったのでしょう。

女優をまっとうし、なおかつ常にまわりの人たちへの心配りを忘れず、若い人たちへの応援も惜しみなかった森さん。享年92。本当にお見事な人生でした。

山岡久乃さんのお弁当を引き継いで

山岡久乃さんといえば、『渡る世間は鬼ばかり』の岡倉節子役として、ドラマの屋台骨を支えてくれた方。それ以前から『ただいま11人』『肝っ玉かあさん』『ありがとう』などに出てくださり、私がプロデュースするドラマになくてはならない役者さんでした。

山岡さんと私は同じ1926年生まれで、誕生日が5日しか違いません。年がら年じゅうガンガンと言い合っていたので、仲が悪いと勘違いしていた人もいたようですが「言いたいことを言い合える仲」だったのです。

山岡さんはとてもテキパキしていて、ハッキリものを言う方。「そんなことじゃダメよ」とよく怒られました。でも「言われてみたらその通り」という場合が多かったので、私も反省して、正すようにしていました。言いづらいことを言ってくれる人はあまりいないので、得難い存在でした。

私はときどき、冗談で山岡さんのことを「リコちゃん」と呼んでいました。利己主義のリコちゃんです。ときどき「セリフを覚えるのがイヤだから、もう出ないわ」などと言うのです。私は、またいつものことだと思い、「そーお」。

山岡さんがそういうことを言いだすのは、なかなか台詞が入らないときです。イライラするから、私に当たるのでしょう。橋田さんの台詞は長いので、覚えるのが大変なのです。たまにそんなことがあるものの、もちろん山岡さんは女優として、本当にすばらしい方でした。芝居が上手なだけではなく、役柄への感度がずば抜けているのです。私は山岡さんに、ドラマをつくる喜びをずいぶん教えてもらいました。

山岡さんはテキパキものを言うので表面的にはきつそうに見えるかもしれませんが、心の中はやさしく、とても温かい人。面倒見のよさも半端ではありません。ドラマの撮影のときは必ず自分でつくった料理を持参して、スタッフや出演者にふるまってくださいます。独り者が多い若いスタッフたちは、久しぶりのおふくろの味に大感激。私も毎回、ありがたくいただいていました。

ご自身も出演を控えているのに、その労力たるや半端なかったはず。でも本人は、「お料理つくりながらセリフ覚えるからいいのよ。お料理つくっていると、疲れているのを忘れちゃう」とケラケラ笑うのです。

私は、山岡さんのお弁当があまりにもうれしくて、山岡さんがいなくなってから、緑山スタジオで撮影がある際は皆さんのためにおにぎりをつくるようになりました。撮影開始時間が早い場合など、朝御飯を抜いてくる役者さんやスタッフもいます。そこで、楽屋でパッと食べられるおにぎりに卵焼きかゆで卵を添えたセットを、現場に持っていくようにしたのです。おにぎりの中身は、鮭やタラコ。私が他の打ち合わせや舞台の稽古などで、どうしても早い時間にスタジオに行けないときには、スタッフが取りにきてくれます。

最近はコロナ禍のためおにぎりづくりは控えていますが、私のおにぎりを楽しみにしてくださる役者さんたちも多く、「寂しい」という声をけっこう聞きます。おにぎりは届けなくなっても、山岡さんから学んだ「厳しさもあるけれど温かい」精神は、持ち続けたいと思います。

上　東芝日曜劇場800回記念「心」（1972年放送）では、森光子さんと杉村春子さんが嫁姑を演じた。（写真協力／TBSテレビ）

下　山岡久乃さんと。凛とした佇まいでホームドラマに欠かせない存在

赤木のママが残してくれた平和への願い

ママ――私は初対面のときから、赤木春恵さんのことをなぜかそう呼んでいました。初めてお会いしたのは50年以上前。赤木さんと親しくされていた森光子さんから紹介されました。

森さんが「赤木春恵さんです」と紹介した瞬間、どういうわけか「ママね」という言葉が口をついて出てきました。すると赤木さんはごく自然に、「はい」と答えたのです。

2歳しか違わないのに、なぜ〝ママ〟なんて言ってしまったのでしょう。自分でもわかりませんが、たぶん、ふくよかで心が大きくて、私が抱いていた「母」のイメージそのものだったのだと思います。実際、ママはとてもやさしくて、温かかった。私は、自分のことは自分で決める性質《たち》で、あまり人に相談はしませんが、ママにはつい、いろいろ相談したくなります。包容力と頼りがいのある方でした。

私だけではなく、共演者やまわりの方も、「赤木のママ」とか「赤木のお母さん」と呼んでいました。ママがいるだけで現場がなんとなくまとまるし、皆さん、ママの顔を見ると、ほっと心がやすらぐのでしょう。そんな方は、滅多にいません。女優としては前向きで柔軟で、そして謙虚でした。橋田さんが書く長台詞も、リハーサルの段階ですべて入っていますし、本番でＮＧを出すことは、まずありません。『渡る世間は鬼ばかり』では、あまりにも見事に姑役を演じられるので、普段近所に買い物に行くと「もう少し、やさしくしてあげてください」と言われると、笑っておられました。

赤木さんは旧満洲で生まれ、一時期内地に戻ったものの、慰問劇団の座長として満洲各地をまわられたとか。終戦後は筆舌に尽くしがたいほどのご苦労をされ、引き揚げてこられたようですが、私は昔のことはあえて聞かないようにしていました。晩年、何も話さないまま逝ってしまうと引き揚げに関する事実が風化してしまう、心の封印を解いて語り継がなくてはいけないと、覚悟を決められたのでしょう。終戦から引き揚げまでの体験を人に話すようになりました。戦争とはいかに悲惨で残酷で、人々の命も暮らしも心も破壊してしまうものか。絶対に戦争をしてはいけない――本当につらい思いをされたからこそ、平和を願う気持ちがとても強かったのだと思います。

東芝日曜劇場で、戦争をテーマにしたドラマをつくるように言われたとき、困ってママに相談したことがあります。すると、ママはひとこと「私たちには、できないわよね」。ママは、戦争のドラマには出たくないし、人を殺す役だけはイヤだといつも言っていました。私も、戦争をドラマには描けません。本当の戦争は、まったく違うものだからです。

戦争を経験した世代である私たちは、平和への思いを下の世代に手渡さなくてはいけない。ママは誰よりも、それを望んでいると思います。だから私は、平和に、普通に毎日を送れることがどれほど尊いかをドラマで描き続けてきましたし、それはこれからも変わることはありません。

「実るほど頭を垂れる」先輩方

振り返ってみると、偉大な功績を遺した先輩方は、皆さんとても謙虚で人格的にも見事です。謙虚だからこそ、常に「もっと芸を磨かねば」「まだまだ自分の力は足りない」と生涯努力を怠らなかっただろうし、監督や演出家の言うことを素直に聞くことができたのでしょう。たとえそれが、自分よりうんと若い人であっても、です。

それが結果的に、高い評価を得ることにもつながり、仕事の寿命を長くしたのだと思います。皆さん、身体がゆるす限り、ギリギリまで仕事をされていました。つくづく、謙虚であることは一流の証であるし、生涯現役でいるためには必要不可欠なことだと感じます。

歳を重ねて謙虚であり続けるためには、「謙虚でいなければ」という自覚も必要です。というのも、歳を重ねると、どうしてもその気持ちを失いがちになるからです。

「老害」などというイヤな言葉を聞くことがありますが、自分はすべてわかっているつもりになって頭ごなしに人に何かを言ったり、人の意見を聞かないようでは、若い人たちから煙たがられ、まわりの人たちも遠のいていくでしょう。結果的に、孤独な境遇になってしまうかもしれません。

謙虚な人は、若い人から尊敬もされ、自らの生き方を通して若い人たちに豊かな影響を与えます。幸い私は、お手本となるすばらしい先輩方に恵まれました。少しでも近づけるように、これからも「謙虚であれ」を肝に銘じていきたいと思います。

第6章

同志にして姉、橋田壽賀子さんとの60年

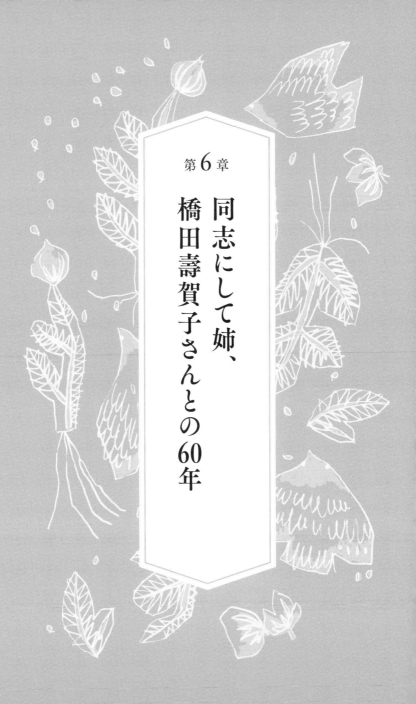

私をおいて行ってしまった橋田さん

橋田壽賀子さんから、「体調が悪いの」と電話をいただいたのは2021年2月。食欲がなく、ふらふらして転んだというのです。ちょうど私も転んで動けなくなっていたときだったので、「なんで同じ日に転ぶのかしら」と、偶然の一致に驚きました。

橋田さんは定期的に熱海の病院で診てもらっていましたが、東京の病院で診てもらいたいというので、私も一緒に行って先生のお話を聞くことになりました。久しぶりに会ったら、かなり痩せていたのでびっくり。病院で告げられた病名は、急性リンパ腫でした。

ただ、95歳という年齢もあって強いお薬を使うと急変することもあるというので、抗がん剤ではなく、ステロイド治療を行うことに。しばらく入院し、小康状態になったので、本人の希望もあって3月に熱海の病院に転院しました。

幸い食欲も戻り、お手伝いさんが届けるお弁当を「おいしい」と食べていたそうなので、お元気になりつつあるとひとまず安心。とはいえ、お医者さまからは、年齢が年齢だからもしものことがあるかもしれないと言われました。そこで橋田文化財団が選ぶ「橋田賞」は毎年、橋田さんの誕生日の５月10日に発表していましたが、３月28日に早めました。

「無事終わりました」と電話でお伝えしたところ、「ありがとう。よかったわ」。そのときはまだ、しっかり意識があったのです。

４月に入り、橋田さんはご自宅に帰りたいと希望され、海の見える家に戻ってきました。その翌日の４月４日、容体が変わったという連絡を受けて熱海に駆けつけましたが、私が到着する30分前に旅立たれ――悔しくて、悲しくて、思わず「こんなに急いで、どこに行っちゃったのよ。早く帰ってきて！」と叫んでしまいました。

本人の遺志により、通夜や告別式は行わず、翌日、茶毘《だび》に付されました。でも今もまだ、橋田さんがいなくなってしまったという実感が持てないでいます。

「家族を描きたい」と意気投合

橋田さんと初めて会ったのは、かれこれ60年ほど前です。橋田さんは松竹初の女性社員として入社し、脚本部に配属されたものの、当時の映画界は完全な男社会。女性と仕事をすることをよしとしない人が多かったこともあり、松竹を退社しました。

その後フリーランスになり、テレビ局に脚本を持ち込んでも、なかなか採用されなかったようです。某局に持ち込んだ脚本が、後日メモ用紙にされていたと悔しがっていました。

局のディレクターから紹介され、初めて会ったとき、「なにを書きたいんですか？」と聞いたら、「人を書きたいんです」。

「人と言ってもいろいろあるけれど、どんな人を書きたいの？」

「『家族』を書きたいんです」

60年、一緒に走ってきた。
ともにまだ若い二人の打ち合わせ風景

実は私も同じようなことを考えていたので、初対面で考えが一致。そこで「とにかく、書きたいものを書いてください」とお願いしました。

橋田さんが書いてきたのは、『袋を渡せば』（１９６４年）という作品でした。袋とは、給料袋のこと。当時は振り込みではなかったので、夫は毎月、妻に給料袋を渡したものです。夫は妻に渡す前に少々ピンハネしようと知恵をめぐらすものの、結局、妻にバレてしまう。ドラマでは香川京子さんと山内明さんが夫婦役を演じました。

脚本を読んだ第一印象は、「構成はすばらしいけれど、台詞がピンとこない」。映画会社の脚本部にいたため、映画風の、ちょっとキザな言い回しが身についていたのです。

私は電話で「こんな会話、普通しないわよ。もうちょっとリアルにやってよ」と、かなり強い口調で修正の指示をしました。それに対して橋田さんは、一切反論をせず、みごとにテレビドラマ向きの脚本に直してきました。

間をおかずしてＴＢＳの東芝日曜劇場で、『愛と死をみつめて』を書いてもらい、とても好評でした。そこからおつきあいが深まっていったのです。

ストレートな言い合いから作品が生まれる

橋田さんによると、私の第一印象は「とても気難しそうで、そんな方とつきあうのはたまらないから、二度とお会いしたくない」だったそうです。それなのに60年以上、タッグを組んできたのですから、不思議な縁です。

出会った当時、私は初めての脚本家とおつきあいする際は、原作があるものをお願いするようにしていました。それなのになぜ、橋田さんには初めからオリジナルを頼んだのか、自分でもよくわかりません。たぶん直感的になにかを感じたのでしょう。

一緒に仕事をするようになり、まぁ、よく喧嘩をしました。喧嘩といっても、あくまで作品に関してです。

橋田さんは、最初のころは映画調の台詞のクセがなかなか抜けなかったので、

「なに、この台詞。もうちょっと普通の台詞にして」「そんなに長くしゃべらなくたって、ひとことですむじゃない」など、歯に衣着せずに指摘したものです。

母が存命中のこと。うちで橋田さんと電話でやりとりしているのを、母が聞くとはなしに聞いていたのでしょう。私が自分の部屋に戻ったら、母が橋田さんに電話をし、「うちの娘が大変失礼なことを言いまして、すみません。許してください」と謝ったそうです。母は私にそのことを言いませんが、後になって橋田さんが、「お母さんから謝られた」と打ち明けてくれました。

橋田さんは打たれ強いというか、直してほしい部分を指摘すると、「なにくそ、もっといい作品にしてみせる」と奮起する方です。橋田さんは怒ったほうがぐんと成長される。書き直した脚本に、いつも感服していました。

橋田さんとは、仕事に関して、思ったことをなんでもストレートに言い合うことができました。変に遠慮したりせず、考えをぶつけ合えたからこそ、いい作品が生まれたし、関係も長続きしたのだと思います。

橋田さんの恋わずらい

世の中には、締め切りを過ぎてもなかなか脚本が書き上がらない脚本家も少なくありません。でも橋田さんはとにかく書くのが速く、締め切り日より前に「書けたからすぐに取りに来て」と、催促してきます。

そんな橋田さんが、あるとき、締め切り日になってもなにも言ってきません。もしや病気でもしているのかと心配になって電話したら、「書けない」と言います。「冗談じゃないわよ」と返したら、「好きな人ができたから、書けないの」。

カチンときた私は、「あなた、プロの作家でしょう。引き受けたからには、ちゃんと書きなさいよ。で、相手は誰なの？」と聞きました。すると、私と同じTBSの企画部にいた岩崎嘉一さんだと言います。

私はすぐに岩崎さんのところに行き、「あなた、好きな人はいるの？」と聞くと、「今はいない」。そこで「橋田さんがあなたに片思いして、書けないと言っているので困るから電話して」とお願いしました。

橋田さんには、「岩崎さんにあなたの電話番号を教えておいたから、電話を受けてから2日以内に脚本を仕上げてね。それより遅れたら、岩崎さんとの仲をぶち壊すわよ」と、ちょっぴりすごみました。そのくらいのことは、平気で言える仲になっていたからです。するとさすが、橋田さんです。岩崎さんから電話をもらった2日後に、ちゃんと仕上げてきました。

それから10日後くらいでしょうか。橋田さんから照れ臭そうに、「つきあうようになった」と電話がありました。そこから結婚まで、あっという間。あまりのスピードに驚いて、岩崎さんに「本当なの?」とただすと、「そうみたい」。

橋田さんの誕生日にホテルに3人集まり、私が婚姻届の保証人として捺印。岩崎さんは指輪、橋田さんはカバンを持ってきました。「なに、そのカバン」と聞いたら、「彼にずっとぶら下がろうと思って。これは私の代わり」。思わず、クスッと笑ってしまいました。

ひとつ屋根の下の大騒動

橋田さんと私は、一時期、同じマンションに住んでいました。このときも、「ひとつ屋根の下」にお仲間がいたことになります。

ある日、夜中の3時ごろにうちの玄関のチャイムがなりました。何度もなるので目が覚めてしまい、何事だろうと思って玄関に行ってドアを開けると、橋田さんが血相を変えて立っており、「今すぐ来て！」と有無を言わさぬ勢いです。時間も時間ですし、なにか大変なことが起きたに違いないと心配になり、「どうしたのよッ」と聞くと、「夫婦喧嘩をしているからすぐ来てちょうだい！」。

夫婦喧嘩の挙句、こんな時間に人を呼び出すなんて、非常識もいいところ。呆れながらも、これもキューピッド役の責任と思い、2人が暮らす部屋に行きました。

すると岩崎さんも顔を紅潮させ、「ちょっとこれ見てくださいよ」と、布切れを私に差し出します。よく見ると、それは背広の残骸でした。怒った橋田さんが、ハサミで切ってしまったのです。

岩崎さんは昔堅気のところがあり、いわゆる亭主関白。結婚の条件として、「自分が家にいる間は原稿用紙を広げないでくれ。脚本家と結婚したつもりはない」と言ったそうです。橋田さんは夫の希望をきっちり守り、岩崎さんがいるときは一切書きませんでした。

一方の岩崎さんは仕事の後、飲みに行くことが多く、午前様も珍しくなかったようです。惚れた弱みで自分は言いつけを守り、遅く帰ってくるのも我慢していたのに、とうとう堪忍袋の緒が切れたのでしょう。

それにしても、仕事に着ていかなくてはいけない背広を切るとは――橋田さんは気性が激しいところがあるので、喧嘩するとけっこうすさまじいのです。夫婦喧嘩は犬も食わないと言いますが、ひとつ屋根の下に住んでいた私は、とんだお相伴を預かることになったわけです。

戦争は描かない。共通の想い

橋田さんは1925年生まれ、私は1926年生まれで1歳違い。身をもって戦争を経験した世代です。橋田さんも私も、戦争中のつらい思い出があります。だからこそ「ドラマで戦争を描かない」は私たちに共通するポリシーでした。

あるとき、東芝日曜劇場1200回記念として戦争を題材にした作品をつくってほしいと言われました。日本がハワイの真珠湾を攻撃したのが、1941年の12月8日。1200回目の放送予定日が12月9日なので、そういう話になったのでしょう。でも「戦争を題材にしたドラマはつくりたくありません」と答えました。

ならば代わるものはないかと必死に考え、たどりついたのが『忠臣蔵』を女性の立場から描く作品でした。ご存じのように、赤穂四十七士の討ち入りをモデルにした忠臣蔵は、江戸時代に芝居が上演されて以来、芝居や映画、ドラマなど形を変え、日本で愛され続けてきたコンテンツです。いつも男性を中心に描かれてきました。

でも、四十七士のなかには、妻や子どもがいる人もいれば、姉や母親もいるはずです。夫や息子を戦いに送り出す女性の側に立つ「家族」の物語にすれば、記念番組の趣旨に応えられると思いました。

しかし、赤穂藩主・浅野内匠頭《たくみのかみ》の妻である瑤泉院《ようぜんいん》と大石内蔵助《くらのすけ》の妻・りくについては記述があるものの、その他の女性たちに関してはほとんど資料がありません。そのため何人かの脚本家に話を振っても、「難しいねぇ」と断られてしまいます。

そんななか、橋田さんに話したところ、即「乗った！」とおっしゃる。そこから二人で構想を練り始めました。そしてやっと見つけたのが、浪士のひとりに盲目の姉がいた、というたった一行の記述。この姉の物語をふくらまそうと閃いたのです。

そのとき思い出したのが、歌手の佐良直美さんのコンサートでの出来事でした。楽屋に差し入れを持っていくと、お母さまが巻紙に一生懸命「佐良直美、佐良直美」と名前を書いてらしたのです。「なにをしているんですか？」と尋ねたところ、「無事に終わるよう祈っているのです」とのこと。

そのときのことを思い出し、弟を送り出す姉の気持ちと重ねようと思いました。こうして生まれたのが、『女たちの忠臣蔵』でした。

『渡る世間は鬼ばかり』誕生秘話

橋田さんと何度もご一緒した東芝日曜劇場は、単発ドラマ枠を終了し、連続ドラマに移行することになりました。私はあまり連続ドラマをやりたくなかったし、30年近く走り続けていたので、ひとまず休暇をとって香港に遊びに行くことに。するとと局の編成の人が香港まで追いかけてきて、「なんとか1年のドラマを考えてください。作家もテーマも任せるから」と言うので、「しばらく考えさせてください」と返事しました。

どうすべきかと考えているうちに、パッと頭に浮かんだのが橋田さんでした。理由は2つあります。まず、橋田さんは、構成力が抜群です。1年間のドラマとなれば、よほど構成力がある作家でないと太刀打ちできません。

そしてもうひとつは、橋田さんの夫の岩崎嘉一さんから、「橋田の名前を冠した財団をつくりたいけど、資金がないんだ」と相談されていたからです。おふたりには子どもがいません。「橋田」の名のつくものを残したいというのは、岩崎さんの、橋田さんとテレビドラマというものに対する強い愛情だったと思います。1年ものドラマの仕事があれば、財団の資金もつくれるに違いない。私は、そう思いました。

それよりちょっと前、橋田さんはNHKの大河ドラマ『春日局』の脚本を依頼されていました。でも、引き受けるのを躊躇していたのです。というのも、岩崎さんに肺がんが見つかったからです。

ある日、橋田さんから電話があり、「『春日局』を降りようかと思うんだけど」と相談がありました。仕事も手につかない状態だったし、できるだけ岩崎さんのそばにいて看病をしたかったのでしょう。でも私は、「ダメ。絶対に降りてはダメ」と言いました。橋田さんは、岩崎さんには病名を隠していました。もし『春日局』を降りたら、自分の病気は重篤であると気づいてしまいます。橋田さんは、苦しそうに「わかった」と言いました。

1989年の『春日局』の放送期間中に岩崎さんは亡くなりました。最愛の夫を亡くして、どれほどつらかったでしょう。私は、できる限り橋田さんのそばについていてあげたいと思いました。そしてなにより、書き続けてほしかった。そこで私は橋田さんに、「一緒に1年もののドラマをやらない？」と、声をかけたのです。

構想を相談するため、そして橋田さんに気持ちを切り替えてもらうため、一緒に4泊5日でタイのバンコクへ出かけました。橋田さんは昼間、観光に出かけ、私はホテルでドラマの構想を練っていました。そして4日目の夜、橋田さんにこう言ったのです。

「今まで私が手掛けてきた『肝っ玉かあさん』も『ありがとう』も父親がいない家庭。今度は、お父さんがもうじき定年になるサラリーマンの家庭を描きたいんだけど、どう思う？」

賛同した橋田さんと考えたのが、5人姉妹がいる家庭。最初は「ひとり男の子がいてもいいかも」とちらっと思ったのですが、橋田さんに意見を聞くと、「男の子は結婚すると、うちから離れちゃう。だから全員女の子にしましょう」。5人いれば、女性が直面するだろうさまざまな問題を描けます。

そこでどんな設定にし、両親と5人の娘をどんなキャラクターにするのか、私たちは徹夜で話し合いました。当時は恋愛ドラマなどが多い時代。でも私たちはあくまで、ホームドラマにこだわったのです。

翌朝、いよいよタイトルを決めようということになりました。なにか、ことわざにちなんだタイトルもいいかもしれないと話していたら、橋田さんがこう言うのです。

「『渡る世間に鬼はなし』ということわざがあるじゃない。このドラマは、自分の心の中に鬼がいるから、まわりが鬼ばかりに見えるというドラマ。『鬼はまわりにいるのではなく、自分の心の中にいるんだ』というテーマにしよう」

そこでほぼ二人同時に口をついて出てきたのが、『渡る世間は鬼ばかり』でした。あっけないほどすぐにタイトルが決まったのです。このタイトルの真意は、「自分の考え方を変えればまわりも変わる。実は鬼なんていないんだ」。

こうしてドラマづくりが始まりました。まさかそのときは、30年以上続くことになるなんて、想像もしていませんでした。

1989年、『渡る世間は鬼ばかり』が生まれる直前のこと。
橋田さんは『春日局』執筆と夫の看病が重なっていた

500回を超えた熱海通い

『渡る世間は鬼ばかり』が始まったころ、橋田さんは熱海に住んでいました。夫の岩崎さんの実家は、静岡県にありますす。ちょっと〝マザコン〟の面がおありの岩崎さんは、毎週末ごとに静岡に帰っていたので、少しでも実家に近い場所にということで、熱海に家を建てたのです。

橋田さんは、私と一緒に仕事をする際は、必ず直接私に脚本を渡してくださいます。代理の人が取りに行くことは、許してもらえません。「書けたわよ。今すぐ取りに来て！」と電話がかかってくると、私はたとえ舞台稽古中でも途中で抜け出し、熱海に飛んでいきます。そうでないと、橋田さんのご機嫌が悪くなるからです。

家につくと、橋田さんの前で脚本を読みます。そして、直してほしい箇所を指摘すると、その場でパッと書き直してくれます。直した原稿を受け取った私は、東京へトンボ帰り。東京駅で印刷所の人が待っていてくれ、すぐ印刷に回します。

橋田さんの家は、熱海駅から車で約30分。細い坂道も多く、雪が降ったため道路が凍結して家の前まで行けなかったことがあります。そのときはタクシーの運転手さんが、原稿を取りに行ってくれ、私はタクシーの中で待っていました。直接受け取らなかったのは、そのときだけです。

橋田さんの「今すぐ取りに来て」は、ワガママで言っているのではありません。長台詞が多いので、少しでも早く印刷し、キャストの皆さんのお手元に届けたいという思いがあるからです。

『渡る世間は鬼ばかり』の第１シリーズが始まったのが、１９９０年。２０１０～11年の最終シリーズまで、１年もののドラマが10シリーズありました。それ以降も２時間スペシャル、３時間スペシャルなど、２０１９年まで放送が続きました。総回数にすると、ゆうに５００回を超えます。私は５００回以上、「すぐ取りに来て」の電話に応じて、熱海に通ったことになります。

〝おひとりさま〟だからこそ家族の物語にこだわる

思えば『渡る世間……』は、30年以上、よく続いたものです。その間、岡倉家の形も変わり、5人の娘たちもさまざまな荒波を乗り越え、自分たちの人生を摑んでいきました。

30年で、時代も変わっていきました。このドラマが始まった1990年当時、核家族化が進み、子どもは2人というのが平均的な家庭だったと思います。5人きょうだいというのは、その時代にしては、かなり多いほうではないでしょうか。

『渡鬼』が始まった時点ですでに、ホームドラマは減りつつありましたが、「家族」は永遠のテーマだし、人の生活の基本だと思います。そして橋田さんも私も、家族をテーマにしたドラマにこだわり続けてきました。お姑さんとお嫁さんが、今は喧嘩しているけれど、ふっと触れ合うときがある。そんな、なんでもないような日常を、私たちは大事にしてきました。

橋田さんは64歳で夫と死別し、それ以降はひとり暮らし。子どももいません。私は若いときに2年間結婚生活を送りましたが、それからはずっとひとりです。そして、橋田さんも私もひとりっ子。身内と縁が薄く、親が亡くなってしまえば、縁者もほとんどいなくなります。

私たちは家族がいないからこそ、家族に憧れがあるし、「こういう家族がいたらいいな。こういう家庭が理想的」という思いもあったのでしょう。そして、せっかく家族がいるのに、いさかいを起こしたりぎくしゃくしたりしていると、本当にもったいないと感じてしまう。家族がいるだけで恵まれているのだから、家族を大事にしてほしい。そんな願いがあるのです。

そして、どんなに時代が変わっても、大切なのは人のやさしさや人情、そして絆や愛であるというのが、2人の信条でした。ドラマでそれを描き続けるのが、私たちの使命だと感じていたのです。

橋田さんが「ありがとう」に込めたもの

橋田さんが亡くなったのは２０２１年の４月ですが、実はその年の９月20日、敬老の日に、『渡る世間は鬼ばかり』の３時間スペシャルドラマが放映されることになっていました。ですから橋田さんが入院中も、私たちはドラマの構想について話し合っていたのです。

コロナ禍のせいで、鬱々としている人も多い時期。だからこそ、明るいドラマにしようということで意見が一致。

ところがある日、「完成できなくて、ごめんなさい」と、いつになく弱気なことを言います。ですから私は思わず、「そういう言い方はしないでよ」と、ちょっときつく言ってしまいました。

「本当は、もう脚本を渡さなきゃいけない時期なのに……ごめんね」

橋田さんがそんなふうに謝ったり、弱気なことを言ったりするなんて、それまでなかったことです。私は、「謝ることないわよ。書けばいいんだから」と、いつも通りの言い方で励ましました。

それでも橋田さんは、諦めてはいませんでした。プロットを話すから、メモをとってくれと言うのです。私は電話を耳に当てて、必死で橋田さんが語るプロットをメモにしました。ただ、橋田さんの名前を汚してはいけないので、メモをそのままドラマにするのは諦めました。

橋田さんが語っていたのは、３時間スペシャルの最後に姉妹全員が集まり、次女の五月が、「ほんとに私、わがままだったね。みんなに、ありがとうって言いたい」と言う――そんな内容でした。その台詞は、橋田さん自身の思いだったのではないか。今、そう思います。

人間は、決してひとりぼっちではない。誰かに支えられて、ここまでくることができた。だから、「ありがとう」と言いたい。それが、橋田さんが最後に伝えたかったことだったのではないでしょうか。

遺言通り、お墓に2人の時計を

橋田さんのお骨はすべて、愛媛県今治市の、橋田家の菩提寺に納められています。亡くなられた後、熱海のご自宅にお参りにいらっしゃる方たちのために、一部を分骨してご自宅の仏壇に置いておきました。でもやはり、時期が来たら整理しなければということで、分骨も愛媛のお墓に持っていったのです。

岩崎さんと一緒のお墓に入らなかったのは、かつてお姑さんから「あなたはうちの墓に入れない」と言われたからだそうです。橋田さんも、そりの合わないお姑さんや知らない人たちと一緒のお墓には入りたくないと言っていました。

橋田さんは生前、静岡県内にご自分のお墓を用意されていました。そして、ご自分は将来、両親のところに入るけれど、用意したお墓には岩崎さんの時計と自分の時計を一緒に入れてほしいと、ことあるごとに私に言っていました。永遠に、共に時間を刻みたい、ということでしょうか。

橋田さんは心底、岩崎さんに惚れていましたし、実はけっこうロマンチストなところがあるのですね。その約束は、きちんと果たしました。

亡くなられてちょうど1年目に当たる命日、愛媛県はちょっと遠いので、２人の時計を埋めたお墓にお参りに行ってきました。そういえば杉村春子先生のお墓も近くにあったと思って、お花を持って寄ったところ、文学座の方がいらして「よく命日をご存じでしたね」。そこで初めて、杉村先生と橋田壽賀子さんの命日が同じ日だと知ったのです。偶然の一致にびっくりしました。

「あなた、杉村先生のことが大好きだったから、合わせたの？　きっと今ごろ、あの世で話しているんでしょうね。もしかして、私の悪口とか言ってるんじゃない？」と、橋田さんに話しかけました。

ただ、橋田さんを偲びたい方にとって、今治のお墓はちょっと遠いし、静岡県のお墓も行きにくいはず。そこで熱海市長のお力添えもあり、橋田さんが愛した熱海の地に記念碑が建つことになりました。そこなら私も行きやすいので、よかったなと思います。

「妹なんだから言うこと聞きなさい」の重み

あれは橋田さんが亡くなる1ヶ月ほど前だったと思います。橋田文化財団の件で、電話で話していたときのこと。橋田さんが、『『この先、ちゃんと財団のことをやります』と言いなさい」と、命令口調で言いました。

「あなた、そんな寂しいこと言わないでよ。今までだって、みんなでずっと一緒にやっていたじゃない」

そう反論すると、「あんたは私より一歳下で、妹なんだから。姉の言うことを聞いて、素直に『はい、やります』と言って」と、いつになくしつこいのです。なんだか心がざわつきましたが、橋田さんがあまりにも真剣なので、「はい、お姉さん。財団のことはきちんとやりますから、安心してください」と返しました。

橋田文化財団は、1992年に設立され、「放送文化に関する創作活動を行う個人または団体に対する顕彰」「脚本家、演出家、俳優等の人材育成」などを目的としています。

『渡る世間は鬼ばかり』が始まるとき、私が財団設立の資金について考えていたことは、橋田さんには言いませんでした。橋田さんのプライドを傷つけると思ったからです。でもたぶん、うすうす気づいていたのでしょう。だからこそ、私に後を託したのかもしれません。

2022年、橋田文化財団は30周年を迎えました。その記念に、2023年の新人脚本賞の入選作品を、映像化することが決まりました。総合プロデューサーは私がつとめます。橋田さんは常にドラマで、人と人の触れ合いの大切さを描いてきました。その志を継ぐ新人の登場を、私も心待ちにしています。

橋田さんとは60年余の間、数え切れないくらいの作品を一緒に生み出してきました。橋田さんにとって〝生きがい〟だった仕事の場で伴走してきた私のことを、本当に妹のように思っていてくれたのかもしれません。その言葉を今も嚙みしめていますし、橋田スピリッツを次世代に伝える活動を、これからも続けるつもりです。

おわりに
――鬼に笑われても来年の作品を考える――

「来年のことを言うと鬼が笑う」ということわざがあります。明日、何があるのかわからないのだから、未来のことをあれこれ言ってもしょうがない。そういう意味のようです。

でも私は、常に「来年のこと」を考えています。というのも、ドラマも舞台も、脚本を書いてもらい、キャストやスタッフを決めるなど、準備に時間がかかるからです。常に先のことを考えていないと、仕事は進みません。

「歳はトルもの」と言った手前、ここで年齢について触れるのはいささか忸怩《じくじ》たる思いもありますが、この本が出る2023年、私は97歳を迎えます。先のことはわかりませんが、自分としては、あと2年くらいは仕事を続けたいと考えています。

私はこれまでも、人の心のやさしさと愛をテーマにドラマや舞台作品をつくってきました。人という字は、2本の線が支え合ってできています。この字の通り、人は支え合わなくては生きていけません。助けられたり、助けたりしながら生きているのです。たとえ時代が変わっても、それはこの先も変わらないと思います。

そして私のこれまでの人生は、まさに人に助けられ、ときには人を助けたりの繰り返しでした。だからこそ、この歳までひとりで生きてこられたし、仕事も続けられたのだと思います。

すでに頭の中には、来年の仕事の構想が生まれています。鬼の笑い声は、私にとっては励ましの声。身体と頭が動く限り、まだまだ現場に立ち続けたいと思っています。

装幀　山影麻奈
装画　戸田未果（coicaru）
構成　篠藤ゆり
写真提供　石井ふく子

石井ふく子（いしい・ふくこ）

1926（大正15）年東京下谷生まれ。61年TBSに入社。東芝日曜劇場『女と味噌汁』、『肝っ玉かあさん』などホームドラマというジャンルを確立する。橋田壽賀子さんとは64年からたびたびコンビを組み『女たちの忠臣蔵』などヒット作を生み出し、90年からの『渡る世間は鬼ばかり』は2019年まで続く長寿番組に。舞台演出も多数手がけ、これまでに菊田一夫演劇賞特別賞、ギャラクシー賞、エランドール協会賞を受賞。1989年に紫綬褒章を受章。また、3度ギネス世界最高記録の認定を受けた（1985年テレビ番組最多プロデュース、2014年世界最高齢の現役テレビプロデューサー、2015年最多舞台演出本数）。2022年、長年の功績から東京都名誉都民に選ばれる。今なお、現役プロデューサーとして活動中。

歳《とし》はトルもの、さっぱりと

2023年２月10日　初版発行

著　者　石井《いしい》ふく子《こ》

発行者　安 部 順 一

発行所　中央公論新社

〒100-8152　東京都千代田区大手町1-7-1
電話　販売 03-5299-1730　編集 03-5299-1740
URL　https://www.chuko.co.jp/

ＤＴＰ　今井明子
印　刷　大日本印刷
製　本　小泉製本

Published by CHUOKORON-SHINSHA, INC.
Printed in Japan　ISBN978-4-12-005627-7 C0095

定価はカバーに表示してあります。落丁本・乱丁本はお手数ですが小社販売部宛にお送りください。送料小社負担にてお取り替えいたします。